Discard

El profesor Zíper y la fabulosa guitarra eléctrica

Juan Villoro

Ilustraciones de "El Fisgón"

ALFAGUARA

EL PROFESOR ZÍPER Y LA FABULOSA GUITARRA ELÉCTRICA

Ilustración de cubierta (Alfaguara):
  "El Fisgón"

Diseño (Alfaguara): Proyecto de Enric Satué

© D.R. 1992, Juan Villoro, por el texto
© D.R. 1992, "El Fisgón" por las ilustraciones
© D.R. 1992, Altea, Taurus, Alfaguara, S.A. de C.V.
© D.R. 1996, Aguilar, Altea, Taurus, Alfaguara, S.A. de C.V.
  Av. Universidad 767, Col. del Valle
  México, 03100, D.F. Teléfono 688 8966

Primera edición en Alfaguara: 1993
Sexta reimpresión: junio de 1997

ISBN: 968-19-0206-8

IMPRESO EN MÉXICO

El profesor Zíper y la fabulosa guitarra eléctrica terminó de
imprimirse en junio de 1997 en Litográfica Ingramex, S.A. de C.V.
Centeno 162, Col Granjas Esmeralda, 09810, México, D.F.

ÍNDICE

¿HAY ALGO MÁS TEMIBLE QUE LA MORTADELA SALVAJE?

El profesor Cremallerus se acostaba a las ocho de la noche después de cenar sus galletas de animalitos. Despertaba a las cinco de la mañana y se cepillaba los dientes seis veces y la lengua cuatro (creía que los virus le tenían un odio personal).

Luego se dedicaba a sus espantosos experimentos. Cremallerus usaba toda su ciencia para perjudicar al prójimo.

Ser tan, pero tan malo cuesta mucho trabajo, y Cremallerus se cuidaba como un atleta para que todas sus energías se concentraran en fastidiar. Bebía la leche supervitaminada que inventó un científico de la competencia. Bueno, para él todos los científicos eran de la competencia. En especial uno.

Sí, Cremallerus odiaba a la humanidad, pero sobre todo al profesor Zíper. Había que ver con qué furia mordía sus sapos y ranas de galleta cuando alguien mencionaba a su rival:

—¡Zíper es una mortadela!

Hay que decir que Cremallerus era maligno, pero no dominaba el arte de los insultos. Creía que "mortadela" era la máxima ofensa.

Odiaba a Zíper por tantas razones que muchas ya se le habían olvidado.

La furia nació cuando Zíper lo derrotó en una competencia de médicos. Cremallerus había inventado un remedio para la gripe, que presentó en un frasco negro, un poco feo, que sin embargo entusiasmó al público: "¡Al fin un invierno sin catarro!", gritaron muchos. La noticia parecía buena, salvo para los vendedores de bufandas. La felicidad de Cremallerus fue inmensa hasta que Zíper descubrió que el jarabe tenía tres defectos:

1. Sabía a chorizo (Zíper era muy aficionado al chorizo, pero no en jarabe).
2. Producía un terrible estreñimiento (Susanita Vega, la primera mujer en curarse para siempre de la gripe, pasó 40 días sin echar nada de nada). Y...
3. Con el remedio se perdía el gusto de estornudar.

Este último argumento fue el que más convenció a los científicos: "¡un mundo sin estornudos sería aburridísimo!", gritaron.

De nada sirvió que Cremallerus acusara a Zíper de ser agente de los vendedores de bufandas.

Después de su derrota, Cremallerus tiró al río el tanque de jarabe que había preparado (nadie sabe si los peces se curaron de gripe y dejaron de ir al baño).

A pesar de su avanzada edad, Zíper conservaba una larga cabellera. Y Cremallerus era calvo. Calvo como una rodilla.

Por si fuera poco, Zíper se había vuelto famoso de Australia a Tampico por inventar una cuerda para guitarra eléctrica. Y Cremallerus detestaba el rock.

Zíper había creado una cuerda especial, que vibraba en la fabulosa guitarra eléctrica de *Nube Líquida*, el conjunto que llevaba vendidos 673, 951 billones de discos.

Las revistas de rock solían publicar fotos del genial profesor. Cremallerus miraba con envidia esa cabellera larga y blanca, típica de los científicos que ganan el Premio Nobel.

La verdad es que Zíper no había ganado e
Nobel, ni falta que le hacía. Estaba demasiado
ocupado con su nuevo invento: la pastilla para ve
películas. Zíper era famoso pero modesto, rar
combinación. No le interesaban los reconocimien
tos y vivía en un lugar muy apartado: Michigan
Michoacán, rodeado de sus estupendas coleccione
de discos y películas. Cada miércoles mandaba po
fax algún descubrimiento y no se molestaba e
cobrar.

En casa de Cremallerus, los tubos de ensay
burbujeaban sin parar; los estantes estaban atiborra
dos de frascos con etiquetas como *Cápsulas d
rencor*, *Furia en polvo*, *Hojuelas vengativas* y, s
favorita, *Mortadela salvaje*.

Cada vez que Zíper tenía un éxito, Crema
llerus se ponía peluca para jalarse los pelos d
desesperación:

—¡Algún día tragarás mi *Mortadela salvaje*
—gritaba.

Así lo encontró su ama de llaves, que cada tercer día barría las migajas de galleta que el profesor dejaba en su laboratorio.

—¿Qué le pasa profesor?

—*Consumatum est* —dijo el profesor, que en latín significa más o menos "este arroz ya se coció".

Cremallerus le hablaba en griego o en latín para que ella no le entendiera. La buena mujer sólo conocía una palabra en griego ("taxi") y una en latín ("super"), de manera que lo único que podía decir en lenguas clásicas era:

—¿Voy en taxi al super?

—*Vale* —respondía el profesor, que en latín quiere decir "okey".

Luego seguía con sus furiosos experimentos, enojado minuto a minuto.

Cremallerus detestaba todo, pero ciertas cosas le merecían un odio más refinado, de gran conocedor.

Entre ellas, el rock.

Cremallerus dormía abrazado a una bolsa de galletas por si una pesadilla le abría el apetito. Las paredes de su cuarto estaban cubiertas de corcho y sus oídos tenían tapones de algodón. ¡Y aun así se colaban los ruidos! ¿O se trataba de pura fantasía? El rock lo obsesionaba tanto que se sabía de memoria todas las canciones de *Nube Líquida*. Bajo sus cobijas, con dos almohadas en la cabeza, creía distinguir el zumbido de "Labios de chocolate", el último éxito del grupo.

"¿Qué estupidez llamarse *Nube Líquida*? ¿Qué les costaba ponerse *Lluvia*?", pensaba el profesor. Luego recordaba la cuerda mágica que había confeccionado Zíper, veía la brillante guitarra eléctrica y gritaba:

—¡Es por culpa de él, de esa mortadela con patas!

Todas las noches planeaba su venganza.

Una mañana despertó con la mente más despejada de lo normal, pues había olvidado cenar sus galletas de animalitos.

—¡Ya lo tengo! —gritó eufórico.

El mejor grupo de rock estaba en peligro.

LA NUBE
QUE VIAJABA EN AVIÓN

Nube Líquida acababa de terminar su gira por 36 países. Sus conciertos habían llenado los más grandes estadios de futbol, y es que con ellos todo era en grande: unas 50 mil chicas llegaban con la boca pintada de café para cantar "Labios de chocolate" y desmayarse cuando Ricky Coyote, guitarrista líder, interpretara su *solo* de una hora.

Nube Líquida viajaba gratis en dos aviones *jumbo*. Las aerolíneas se peleaban por transportar al célebre grupo; después de revisar ofertas, el mánager había escogido a una compañía de la India (con capitanes suizos) que sólo se retrasaba cuatro minutos cada diez años. A cambio, el conjunto aceptó posar para una foto publicitaria, bajo la frase: *La única nube que viaja en avión*.

El avión *Nube I* llevaba a los músicos y el *Nube II* a los amplificadores. En la gira se usaban tantos amplificadores como para construir la muralla china.

Nube I estaba adaptado para satisfacer todos los caprichos del conjunto. Había camas de agua, mesas de billar, cine y una cocina a cargo del chino Peng. A la hora del almuerzo, un sabroso vapor anunciaba el "pato a la Peng".

A pesar de las comodidades, después de tocar en 36 países el conjunto estaba agotado. Hasta Gonzo Luque, el fornido baterista, daba muestras de cansancio.

Gonzo era un coloso capaz de levantar en vilo

un refrigerador y, si estaba de mal humor, tirarlo a la piscina del hotel. Sin embargo, ahora se veía ojeroso y desinflado. Ni siquiera quiso ir a la sala de cine a ver sus caricaturas favoritas.

Durante las diez horas de vuelo Gonzo Luque roncó con gran potencia.

Ruperto Mac Gómez era el guapo del conjunto. Muy pocos lo sabían, pero en las noches se ponía crema de pepino para no arrugarse. Los expertos calculaban que el día en que se casara, por lo menos 25,765 muchachas se suicidarían. La verdad sea dicha, no tocaba muy bien el bajo. ¡Pero era tan bello! También él revelaba los efectos de tantos conciertos de siete horas. Apenas subió a *Nube I*, su esbelto cuerpo se extendió en una de las camas, junto a su guitarra de cuatro cuerdas.

Nelson Farías, conocido como el *Señor de los Teclados*, capaz de tocar tres pianos al mismo tiempo, estaba cansadísimo pero padecía insomnio, de modo que se entretenía jugando a las preguntas indiscretas con la rubia Peggy.

Según una revista de chismes, Peggy había sido novia de Ricky, Gonzo y Nelson. Sólo Ruperto el *Hermoso* la había rechazado.

Y a todo esto, ¿dónde estaba Ricky Coyote? En ningún sitio del *Nube I*. Esta vez viajaba en el *Nube II*. Era tan perfeccionista que deseaba revisar el equipo durante el viaje de regreso.

Una manada de reporteros esperaba a los aviones en la pista de aterrizaje. Ahí mismo se colocó una mesa repleta de micrófonos para celebrar una conferencia de prensa.

Los integrantes de *Nube Líquida* estaban hartos de entrevistas, pero otra vez tuvieron que sonreír y contestar preguntas sobre sus sabores favoritos y sus signos del zodíaco.

Un ruido extraño interrumpió la conferencia de prensa:

—Zzzzzzzzzzzzzz

Gonzo Luque seguía dormido.

De nada sirvió darle de bofetadas. Hubo que disparar un cañón, de los que se usan para saludar al presidente, para que saliera de su sueño.

—¿En qué soñaba? —le preguntó una chica.

—En mortadela, en una mortadela del tamaño de un ropero —y Gonzo chasqueó los labios.

¿Había tenido una premonición de lo que preparaba el profesor Cremallerus? Probablemente no, pues para Gonzo la mortadela era muy positiva, sobre todo con el estómago vacío.

Como siempre, hubo preguntas difíciles sobre la situación del mundo, la manera de conseguir la paz y evitar el exterminio de las tortugas. Ricky Coyote, el indiscutible líder del grupo, contestó con gran destreza.

Ruperto Mac Gómez parecía escuchar con

respeto las palabras de Ricky, pero en realidad veía su propio rostro reflejado en la mesa.

Nelson Farías sacó una armónica y tocó una alegre tonadilla ante el enjambre de micrófonos.

Así terminó la conferencia y así terminóla gira.

Había llegado el momento de despedirse. Cuatro limusinas llegaron para llevar a los músicos en distintas direcciones.

El inmenso Gonzo Luque, que era un sentimental consumado, lloró al abrazar a sus compañeros:

—Hasta la próxima, mis muchachos.

—No seas ridículo, nos veremos en dos semanas para grabar el disco —dijo el hermoso Ruperto, que tenía un carácter bastante agrio.

—Para mí es demasiado. ¡Los quiero tanto! ¡Ay de mí!

Total que Gonzo derramó gruesas lágrimas, besó a todo mundo en las mejillas y a la rubia Peggy en la boca (un fotógrafo los sorprendió y al día siguiente ese beso le dio la vuelta al mundo).

¿Qué haría *Nube Líquida* en sus dos semanas de vacaciones?

Bueno, Nelson Farías se dirigió a su castillo medieval a disfrutar de sus colecciones de pianos y armaduras. Ruperto Mac Gómez iba a recibir las visitas de sus admiradoras (sus guardaespaldas tenían instrucciones de no dejar pasar a más de 17 cada día, aunque si todas eran pelirrojas podían pasar 18). Gonzo Luque dedicaría una semana a comer todas las variedades de pizza que ha creado el ser humano y una semana a bajar de peso en su gimnasio. Ricky Coyote iba a descansar ¡trabajando! Sí, tenía que darle los últimos toques a las canciones del nuevo disco.

Tres limusinas partieron hacia lugares apartados en el campo y una hacia la ciudad. Sólo Ricky Coyote seguía soportando el ruido de las calles y el aire contaminado. Vivía en un departamento en la zona céntrica. Cuando los vecinos se quejaron de que hacía mucho ruido, compró los otros 15 pisos.

Ahora el edificio entero estaba dedicado al grupo. En las noches, un dibujo de neón se encendía en la cima, con una nube que parecía a punto de disolverse.

Antes de llegar a su departamento, Ricky se detuvo en cada piso para ver si todo estaba en orden. En el tercero, dedicado a recibir la correspondencia de los admiradores, preguntó qué había llegado.

Todo estaba en orden, salvo por un curioso envío: un sobre. . . ¡con un trozo de mortadela!

—Seguramente es para Gonzo, es un gran comemortadelas —dijo Ricky.

—No, es para ti —respondió la encargada con voz suave.

—¡Qué raro! ¿Pensarán que no tengo qué comer?

Naturalmente, se trataba de una amenaza en clave: el profesor Cremallerus había decidido hacerse el misterioso.

Ricky Coyote pasó el día siguiente trabajando en el estudio de grabación. Cuando le dio hambre llamó a su cafetería favorita y pidió la hamburguesa *Alaska*. En vez de eso, recibió un trozo de mortadela. Cremallerus había interceptado el envío.

Ricky procuraba mantenerse al corriente de lo que hacían otros grupos y a la una de la madrugada empezó a ver videos. De pronto la imagen se distorsionó en la pantalla y apareció. . . ¡un comercial de mortadela!

Para un científico como Cremallerus interceptar

señales de televisión era muy fácil.

Las molestias continuaron: Ricky Coyote se lavó los dientes con una pasta sabor mortadela, las manos con jabón de mortadela y el pelo con champú de mortadela.

—¡Este mundo es una mortadela! —gritó furioso y le pidió a su asistente que lo comunicara con su hermano Pablo.

Ricky era el cerebro de *Nube Líquida,* un hombre admirado en el mundo entero, pero sólo tenía una persona de confianza: Pablo, su hermano menor.

Pablo y Ricky eran huérfanos, de modo que Pablo vivía con su abuela en una modesta casa. Ni él ni la abuela querían aprovecharse de la inmensa fortuna de Ricky.

También Pablo tocaba la guitarra, y muy bien; ¿pero quién quiere oír al hermano de un genio cuando puede oír al genio en persona?

Pablo llegó al piso 15 del edificio, un mozo le abrió la puerta y lo condujo hacia el detector de metales (como todas las celebridades, Ricky vivía rodeado de una molesta vigilancia).

El gran guitarrista estaba en la terraza, contemplando la ciudad en la que nació e inició su carrera. Sus ojos tenían un aire melancólico. Se había atado su gran melena en una cola de caballo.

—Algo raro está pasando, Pablo —dijo con voz quebrada, como si se hubiera lastimado de tanto cantar "Labios de chocolate".

—¡Qué bonita bata tienes! —exclamó Pablo.

—La compré en Japón, perteneció a un famoso samurai. Te la regalo.

—No, gracias.

Hablaron de temas sin importancia hasta que Ricky mencionó las extrañas mortadelas que invadían su vida.

—Es como si alguien quisiera volverme loco —dijo Ricky.

Ni él, ni el buen Pablo, sospecharon que se trataba de algo peor.

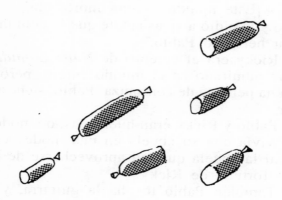

TREMENDO ACCIDENTE

Los fanáticos de *Nube Líquida* eran conocidos como *nubosos liquidómanos*. Para conocer a fondo a su enemigo, el profesor Cremallerus se puso peluca y se inscribió en el Club de Admiradores.

Con su gran capacidad científica, memorizó toda clase de datos, incluidos los 500 platillos favoritos de Gonzo Luque.

Luego se encerró en su laboratorio para trabajar en la computadora con el programa *Terribilis*. Procesó sus informes, comió camellos, burros y patos de galleta y encontró la forma más efectiva de perjudicar al cuarteto:

—*¡Eureka!* —gritó (en griego quiere decir "¡yupi!" o "¡ajúa!").

—Voy en taxi al super —dijo la pobre ama de llaves.

La estrategia sugerida por el programa *Terribilis* era simple: eliminar a Ricky Coyote.

La verdad sea dicha, los otros miembros del grupo no eran tan importantes. Ricky componía las canciones, era el cantante y el guitarrista líder. Además, estaba a cargo de la organización de las giras y los numerosos contratos con los productores. Era el alma, el cerebro y el corazón de *Nube Líquida*. Si algo le pasaba, el conjunto estaría arruinado.

Pero antes de dar su golpe decisivo, Cremallerus se divirtió haciendo travesuras. ¡Cuántas cosas de mortadela puso en el camino de Ricky!

El célebre guitarrista redobló la vigilancia

en su edificio, pero no pudo impedir que una paloma mensajera llegara a su terraza con una brocheta de mortadela en el pico.

—Estoy desesperado —le dijo a su hermano Pablo—. No me puedo concentrar en el nuevo disco.

—¿Por qué no sales a dar una vuelta en moto para distraerte? —propuso Pablo.

—Buena idea.

Por desgracia, este consejo resultó fatal. Era justo lo que esperaba su enemigo.

Una de las cosas que Cremallerus había aprendido como miembro clandestino del Club de Admiradores de *Nube Líquida* era que Ricky Coyote tenía pasión por las motocicletas y la alta velocidad.

A eso de las cuatro de la mañana, después de terminar de grabar una canción, Ricky salía a recorrer las calles desiertas. Sus mejores ideas se le ocurrían a bordo de su motocicleta, sintiendo en el rostro el aire frío de la madrugada.

Pablo acompañó a su hermano al sótano donde se encontraba la motocicleta roja, de rines cromados y asiento de piel de búfalo. El motor tenía el mismo sistema de bujías de los coches Fórmula Uno, lo cual le permitía correr a 250 kilómetros por hora.

Ricky accionó el pedal y un estupendo rugido recorrió el sótano:

—¡Brrrrrrrrmmmmmm!

—¿Te acompaño? —preguntó Pablo.

—No, prefiero estar solo. Tengo mucho en qué pensar.

—Aquí te espero —respondió Pablo, y fue a abrir la puerta mientras Ricky se ponía su casco plateado.

Tal vez a causa de la oscuridad ninguno de los dos advirtió un curioso objeto pegado al tanque de gasolina.

Era el maxi-magneto del profesor Cremallerus.

Cremallerus había trabajado con el entusiasmo que le daba causar daño. Además de enviarle a Ricky sus fastidiosas mortadelas, había diseñado un sistema de imanes para... ya veremos para qué.

Ricky aceleró con fuerza y salió disparado sobre la rueda trasera de su motocicleta. El neumático sacaba chispas al contacto con el asfalto.

—¡Brrrrrrrrmmmmmm! —el rocanrolero ultraveloz atravesaba la ciudad.

Después de pasar por las calles del centro, Ricky enfiló hacia el río.

Por desgracia, Cremallerus también conocía su afición por recorrer los puentes.

Ricky sentía la vibración del acelerador en la mano derecha. Vio el velocímetro: 226. . . 231 . . . 245 kilómetros por hora.

Una larga avenida llevaba a su puente favorito. Ahí alcanzó su máxima velocidad: la aguja se deslizó otro poco. . 248. . . 249. . . ¡250! Ricky Coyote sintió una emoción enorme.

A toda velocidad observó la línea blanca que dividía los carriles, el cielo lleno de estrellas y el río que fluía suavemente. Lo que no vio fue un camión negro bajo el puente.

Ricky siguió adelante. . .

Entonces las puertas del camión se abrieron: adentro había una enorme herradura. ¿Qué diablos era aquello?

Una mano terrible presionó un botón y la herradura produjo una poderosa corriente magnética.

La noche se llenó de rayos.

Ricky estaba a punto de tomar el puente cuando sintió que algo lo desviaba. . . un poco, otro poco. . . ¡más! ¡El manubrio no respondía! Trató de frenar con el tacón de su bota. Sacó chispas sobre el pavimento. De nada sirvió: la motocicleta era atraída por la enorme herradura.

Un objeto resplandecía en el tanque de gasolina: ¡el maxi-magneto de Cremallerus!

Ricky trató de zafarlo y sus guantes se calcinaron. El maxi-magneto estaba al rojo vivo. Entonces el guitarrista supo que estaba perdido: la moto había sido desviada a 250 kilómetros por hora y continuaba, incontenible, hacia la derecha, hacia la orilla del río, ¡hacia el río mismo!

Ricky Coyote salió disparado y fue a dar a las aguas frías y sucias que atravesaban la ciudad.

Lo encontraron río abajo. Cayó en la red de un pescador que al ver el casco de plata pensó que había capturado a un monstruo.

Lo más sorprendente, sin embargo, era que Ricky seguía con vida. Un helicóptero ambulancia lo llevó al Hospital General.

Los médicos le tomaron toda clase de radiografías y supieron que sólo había una opción: operarlo del cerebro.

Tuvieron que raparle la cabeza: ¡la legendaria cabellera de Ricky Coyote cayó en mechones! Al día siguiente un japonés la compraría en 24 millones de dólares.

Pablo fue el primero en llegar al hospital, pálido como un saco de harina; le parecía terrible que los médicos metieran los dedos en el cerebro de su hermano.

Luego llegó el robusto Gonzo Luque. Lloró hasta que su gran mostacho quedó como el de una morsa recién salida del mar. Ruperto Mac Gómez se presentó elegantemente vestido de negro, como si ya esperara la muerte de su amigo. Nelson Farías no fue localizado porque el teléfono de su castillo medieval estaba descompuesto.

Durante cinco horas Pablo y los demás esperaron afuera de la sala de operaciones. Finalmente apareció el cirujano en jefe, con la bata manchada de sangre:

—¡Noooooooo! —berreó Gonzo Luque.

—Espérate, todavía no ha dicho nada —le dijo Pablo.

—El paciente no morirá —informó el doctor.

—¡Ea! ¡Bravo! ¡Yupi! ¡Viva la ciencia! —gritó Gonzo Luque y luego hizo la "danza del cerdo silvestre" con la que solía mostrar su felicidad.

—Un momento, caballeros —dijo el médico.

Todos lo miraron con ojos redondos de expectación.

—Es cierto que el paciente no morirá, pero se encuentra en estado de coma.

—¡Qué bueno! —gritó Gonzo, que pensó que en ese estado uno sólo se dedicaba a comer—. ¡Prepárenle una hamburguesa *Alaska*, con bastante mostaza, si son tan amables!

—De ninguna manera —añadió el médico.

con visible preocupación—. El estado de coma es como si uno estuviera congelado. El cuerpo no reacciona porque se encuentra en un sueño demasiado profundo.

—Entonces, ¿cuál es el remedio?

—Hay que esperar a que el organismo se recupere. Pueden pasar días o años antes de que despierte. Incluso es posible que no despierte.

—¡¿Nunca?! ¿Ni para Navidad?—exclamó Gonzo—. ¡Nooooooo! —su mano destruyó un cenicero de metal como si estuviera hecho de papel.

Luego se tiró al piso y pataleó:

—Ricky Coyotito, amigo del alma. ¡Nooooooooooooo!

Gonzo Luque rompió el récord de llanto que hasta entonces estaba en poder de una ancianita argentina que en vez de pañuelo usaba una bandera para secarse las lágrimas. Pero él no fue el único alterado. La noticia del accidente conmocionó a millones de personas. El hospital se llenó de flores enviadas de todos los puntos del planeta y todas las estaciones de radio programaron al mismo tiempo "Labios de chocolate".

El mundo entero estaba de luto. ¿El mundo entero? ¡No! En su laboratorio, el profesor Cremallerus comía más galletas que nunca. Saber que habían rapado al músico le daba una alegría enorme.

Ricky estaba fuera de combate. Los días de gloria de *Nube Líquida* habían terminado.

SE SOLICITA GUITARRISTA

Las siguientes semanas fueron atroces. Se canceló la grabación del disco y Gonzo, Ruperto y Nelson se ofendieron al leer en la prensa que *Nube Líquida* no valía nada sin Ricky.

El mánager los llamó a una junta en el Salón de los Discos de Platino.

—Miren —señaló las paredes adornadas con discos de platino (cada uno representaba un millón de copias vendidas)—. Todos estos éxitos fueron creados por Ricky Coyote. ¿Cuántas canciones han compuesto ustedes?

—Bueno. . . yo escribí "Perrito con patas" —dijo tímidamente Gonzo.

—¡Una sola canción! —gritó el mánager—. Y no de las mejores.

—A mí nadie me supera en los teclados —dijo Nelson.

—Y yo soy bellísimo —añadió Ruperto—, mi nombre no es de lo mejor, pero me lo puso mi mamacita santa.

—Hay que ser profesionales —dijo el mánager.

—¿Profesionales? ¡Eso suena a trabajo! —protestó Gonzo.

—Pues sí: Ricky era el único que trabajaba 24 horas al día para el grupo; o conseguimos a alguien con su talento o pueden darse por jubilados.

Al día siguiente pusieron un anuncio clasificado en todos los periódicos del mundo:

SE SOLICITA GENIO GUITARRISTA. CALVOS ABSTÉNGANSE.

Durante semanas las oficinas de *Nube Líquida* se llenaron de guitarristas de Inglaterra, California, Uruguay y otras potencias del rock.

Los *nubosos liquidómanos* cruzaban apuestas sobre quién sería el sustituto de Ricky Coyote.

Por desgracia, nadie tocaba como él. La guitarra eléctrica de Ricky estaba ahí, al alcance de todos; se trataba, en apariencia, de un instrumento común y corriente, pero la tercera cuerda era distinta.

Aquella cuerda, afinada para dar el "sol" más puro del planeta, brillaba en la oscuridad.

Sin embargo, en otros dedos que no fueran los de Ricky, producía un tosco:

—¡*Clonk!*

En el mundo sólo había una mano para esa guitarra, y esa mano estaba dormida, profundamente dormida.

Muchos personajes pintorescos probaron suerte con la guitarra de Ricky. Uno de ellos medía dos metros y llevaba el pelo rubio hasta la cintura. Le apodaban *Vikingo Eléctrico*. ¿Sería capaz de revivir la guitarra de *Nube Líquida*? No lo fue.

Luego llegó un francés que parecía odiar el jabón como a nada en el mundo, pues olía a sopa de cebolla reforzada con bastante queso.

Gonzo, Ruperto y Nelson se taparon las narices con pinzas para colgar la ropa.

La música del francés era tan mala que también olía a sopa de cebolla con queso:

—¡Fuchi! —dijo Nelson con voz gangosa.

El siguiente fue un negro que impresionó mucho al tocar con los dientes y las cejas, pero que tampoco logró reproducir los fantásticos sonidos de Ricky Coyote.

Un mexicano exagerado, que llevaba un aro de neón en su sombrero de charro, gritó:

—¡Viva Rockotitlán! —y armó suficiente escándalo para marear a todo mundo.

No consiguió el puesto pero se casó con una de las secretarias.

Más tarde vino un ruso pálido que conectó la guitarra a una computadora y tocó como un robot.

—Mucha técnica y nada de corazón —opinó el mánager.

Al próximo, lo que le sobró fue corazón: un simpático andaluz le clavó banderillas a los amplificadores, batió palmas y cantó "Er gitanito" con lágrimas en los ojos. Un excelente *show* que por desgracia nada tenía que ver con el rock.

Entre los concursantes no faltó el guitarrista ciego ni el acróbata que tocaba parado de cabeza. Alguien se presentó con una guitarra transparente y un príncipe coreano se dio el lujo de llevar su guitarra de oro sólido.

Casi al final, llegó un hombre de turbante y uñas espantosamente largas:

—Soy el *Sultán del Rock* —informó.

Sus uñas de nueve centímetros horrorizaron a la concurrencia. El *Sultán* rascó las cuerdas como si tuvieran comezón. Sin embargo, la cuerda de sol siguió como si nada.

Nadie era capaz de imitar a Ricky.

Gonzo Luque perdía el apetito y el mánager fumaba un puro tras otro.

En las noches, cuando el último aspirante abandonaba el estudio, la guitarra de Ricky volvía a su estuche.

¿Ningún otro ser humano podría despertar aquella cuerda mágica?

Gonzo, Ruperto y Nelson trataban a Pablo como a su mascota; lo dejaban merodear por el estudio de grabación y Ruperto le preguntaba cuál de sus últimas 200 novias le parecía más bella.

En ocasiones Pablo se quedaba hasta muy tarde. Cuando los demás ya se habían ido, se acercaba al estuche negro, sacaba la guitarra y trataba de tocarla. Tampoco él podía hacer que la cuerda dorada bailara entre sus dedos.

No hay dos huellas digitales idénticas, y aquella cuerda estaba hecha para las huellas de Ricky Coyote.

Después de varias semanas, "Labios de chocolate" cayó al lugar 44 de popularidad. La ausencia de Ricky empezaba a perjudicar a *Nube Líquida*.

"Ahora deberían llamarse *Llovizna, Chubasco* o *Tormenta*", pensaba el profesor Cremallerus, feliz de haberlos puesto en crisis.

Las revistas hablaban cada vez menos del conjunto y las mujeres empezaban a descubrir que la nariz de Ruperto no era tan preciosa.

—Propongo que *Nube Líquida* se desintegre —dijo el mánager—. Más vale no seguir tocando que tocar mal. ¿Qué opinas, Gonzo?

Gonzo no opinó porque estaba llorando.

—¿Y ustedes dos?

—No hay otra salida —dijo Nelson.

—No —añadió Ruperto, con infinita melancolía.

También el mánager tenía lágrimas en los ojos cuando dijo:

—*Nube Líquida* dejará de existir hasta que un milagro saque a Ricky de su estado de coma.

En eso se abrió la puerta. Era Pablo.

—Pido la palabra —dijo.

Todos lo querían como a un hermano menor, de modo que lo escucharon de buena gana.

—Denme diez días —pidió Pablo.

—¿Diez días para qué? —preguntaron a coro.

—No anuncien la muerte de *Nube Líquida* hasta dentro de diez días. Es todo lo que puedo decirles.

El mánager encendió un puro y lanzó rosquetas de humo hacia el techo. Luego dijo:

—Está bien. Diez días. Ni un minuto más.

—¡Gracias!

Pablo salió corriendo y los integrantes de *Nube Líquida* se vieron unos a otros:

—¿Qué mosco le picó a Pablo? —preguntó Nelson.

—Quién sabe —dijo el mánager—, pero en estos momentos cualquier propuesta es buena. Total, si de morir se trata, vale la pena esperar unos días más.

Pablo sabía que la única forma de salvar al grupo era conseguir otra cuerda de sol. Para ello tenía que encontrar al profesor Dignísimus Zíper.

El sonido de aquella cuerda había fascinado al mundo, exceptuando a Cremallerus, que pensaba: "¡si las mortadelas cantaran, cantarían así!"

¿Por qué pidió Pablo diez días? Bueno, porque fue el primer número redondo que le vino a la mente, tal vez si los humanos tuvieran doce dedos hubiera pedido doce días, o si hubiera contado los dedos de los pies hubiera pedido veinte, pero pidió diez y con eso tenía que conformarse.

Regresó a su casa, rompió el marranito de barro que contenía sus ahorros y le avisó a la abuela que esa noche dormiría en el hospital.

La pobre vieja apenas oía. Quién sabe qué entendió porque contestó:

—¡Y con miel es mejor!

Pablo ya estaba en la puerta cuando advirtió

que algo se le olvidaba:

—¡Mi navaja suiza!

Regresó por la navaja multiusos que tenía una hoja muy afilada para partir pizzas y otra menos afilada para embarrar mostaza en la hamburguesa.

Encontró a su hermano como en los días anteriores. Parecía sumido en un sueño profundo. Pablo le acarició la frente y pensó en sus padres. No los habían conocido. ¿Cómo serían? Sólo había visto una foto de ellos. Ricky se parecía al padre y él a la madre. Aunque en esos momentos, con la cara adolorida, Ricky más bien se parecía a la abuela.

En esto pensaba Pablo cuando se quedó dormido. Despertó a las siete de la mañana. El primero de los diez días había comenzado.

PRIMER DÍA:
EN BUSCA DEL PROFESOR ZÍPER

¿Cómo se puede encontrar a un genio que ha beneficiado a la humanidad pero es modesto, sumamente modesto?

Pablo fue a la Asociación Mundial de Genios.

—¿Qué genialidad podemos hacer por ti? —le preguntó la recepcionista.

—Busco información sobre el profesor Zíper.

—¿Desde cuándo es genio?

—Supongo que desde que nació —contestó Pablo, muy sorprendido.

—Mira, muchachito, para nosotros una persona sólo es genial cuando entra a nuestra asociación.

La mujer sacó una gruesa carpeta y buscó en la última letra del alfabeto.

—No. Sólo tenemos al profesor Zebra.

—Gracias.

—¿Y a ti no te interesa volverte genio?

—¿Cómo?

—Mira, si nos das un millón te aceptamos como genio de segunda, si nos das dos millones como genio de primera. Si quieres certificado de genialidad con marco de oro, te sale en otro millón.

Pablo se dio cuenta de que estaba en el sitio equivocado. Aquella asociación se dedicaba a estafar a los presumidos.

Por desgracia, la gente modesta no se junta en grupos y Pablo no pudo ir a la Asociación Mundial de Genios Modestos.

¿Qué hacer?

Fue a la Universidad Nacional, pero estaba en huelga.

¿Qué hacer?

Fue al Palacio de Gobierno, pero no lo dejaron entrar.

¿Qué hacer?

Consultó la *Sección Amarilla,* su dedo ensalivado hojeó 1532 páginas hasta que encontró la siguiente información: "Instituto de Científicos Pipiricuánticos. Lo máximo en inventos. Horario: 9 a 19 hrs. Metro: Alimaña".

Aún le quedaban un par de horas.

Tomó el metro y descendió en la estación Alimaña. Al salir a la calle vio un enorme edificio de cristal.

"Ahí debe ser".

En efecto, ahí era. Entró a un vestíbulo lleno de aparatos que hacían extraños ruidos, con luces que se encendían y apagaban.

Había una larga cola para registrar inventos. Pablo se formó junto a un hombre que había patentado el yogurt de coco.

—¿Qué no se había inventado antes? —le preguntó Pablo.

—No con leche de marmota. ¿Quieres una probadita?

—No, gracias.

Había muchos inventores en la fila. Sin embargo, entre los muchos inventos no parecía figurar el peine: todos tenían los pelos parados como antenas de televisión.

Después de media hora, Pablo llegó a una ventanilla.

—¿Qué invento registras? ¿El agua tibia, la cuchara de sopa, el zapato con tacón?

—Nada de eso.

—¡Estoy harta de atender a tantos locos! —gritó la señorita.

—Yo no soy inventor.

—¿No? ¡Qué maravilla! ¡Al fin alguien ha inventado al no-inventor!

—Quiero saber si el profesor Zíper es miembro de este instituto.

—Déjame ver. No. Sólo tengo al profesor Zebra, quien recibió el Pipiricuántico de Oro por sus méritos como inventor de este Instituto.

Por lo visto, el tal Zebra pertenecía a todas las asociaciones. Pablo tuvo una idea: seguramente Zebra conocía a Zíper.

—¿Me puede conseguir una cita con el profesor Zebra?

—¿En qué categoría te anoto: Admirador, Patrocinador o Barbero?

Pablo dudó un instante:

—Admirador —dijo con voz insegura.

—La siguiente cita es dentro de dos meses,

lo siento mucho. En cambio, si quieres darle dinero puedes pasar de inmediato.

—No tengo —Pablo estaba muy afligido.

—Sólo te queda entrar como barbero. Hoy no vino el suyo y está muy contrariado. ¿No tendrás una navaja?

—¡Claro! —Pablo mostró su navaja suiza.

—Perfecto. Ahora mismo te hago pasar, pero ten mucho cuidado: la piel de Zebra es delicadísima.

Pablo tomó un elevador hasta el último piso del instituto.

Todo el edificio estaba hecho de cristal: a través de las paredes se veían los más curiosos instrumentos, realmente era una ciudad de la invención.

Pasó por varias oficinas de cristal, detrás de la última puerta vio a un hombre pequeño. Debía medir 1.30, apenas lo suficiente para ser un "señorcito" y no un enano.

—¡Pero qué barbero tan joven! —exclamó el señor Zebra.

"Joven pero más alto que tú", pensó Pablo.

—Manos a la obra. Tengo un aspecto terrible. Mira nada más, muchacho —le mostró una quijada ensombrecida por la barba.

—¿Dónde está el baño? —preguntó Pablo.

—Válgame Dios, apenas llega y ya quiere hacer pipí. Al fondo a la derecha —y señaló una puerta de cristal, con inodoro de cristal. ¡Qué vergüenza orinar en ese cuarto tan moderno!

Por suerte, Pablo sólo iba por jabón. Hizo mucha espuma y regresó a la oficina del señor Zebra.

Entonces lo asaltó una duda: ¿qué hoja usar, la especial para cortar pizza o la especial para untar mostaza? La piel de Zebra era muy delicada, pero algo de filo se necesitaba. ¡Qué difícil profesión la de barbero!

—¡Ay! —Zebra gritó al primer contacto—. ¡Me han enviado a un caníbal!

—Perdón.

Pablo frotó la espuma en la cara de Zebra y se dio cuenta de que más que barba tenía mugre. Le dio una buena lavada y quedó mucho mejor. Luego sacó las pinzas de su navaja y le arrancó los pelos que le brotaban de la nariz.

—Listo —dijo.

Zebra fue a verse al espejo.

—Gran trabajo. ¿Quieres que te invente un puesto?

—No gracias, pero me gustaría pedirle un favor. ¿Conoce al profesor Zíper?

El rostro de aquel señorcito cambió por completo.

—¿Por qué lo dices?

—Necesito encontrarlo —al ver que el otro lo miraba con sospecha, Pablo añadió—: para un asunto privado, cuestión de familia.

—Mira, muchachito, estoy demasiado ocupado en mis inventos como para inventarme la preocupación de buscar a Zíper.

—¿Y qué inventa usted?

—Entre otras cosas, inventé este instituto. Soy inventor de grandes honores. Sin mí la gente sería mucho menos importante. Yo les doy títulos, premios, organizaciones a las que pueden pertenecer.

—¿Y no le ha dado un premio a Zíper?

—No nos ha pedido ningún premio.

—¿Los premios se piden? —preguntó Pablo, muy asombrado.

—Los míos sí. El que quiera su importancia que me la pida, pues yo también tengo la mía.

Pablo sintió que había caído en un mundo de locos.

—¿Los aparatos que vi abajo, sirven para algo?

—Que sirvan o no es lo de menos. La gente se siente importante de que existan esos aparatos. Aquí somos importantes por nuestra importancia.

Obviamente ése tampoco era el lugar para buscar a Zíper.

—Toma muchacho —el señor Zebra le dio unas monedas—. ¿Te invento una cita para mañana?

—No puedo. Hasta luego —y Pablo salió de la oficina.

Afuera oscurecía. Pablo vagó por las calles de la ciudad, fue hasta el puente donde se accidentó su hermano y vio la luna que salía en el cielo, como una rebanada de luz neón.

Había pasado un día, 24 horas arrojadas a la nada. Vio el agua del río que parecía llevarse las horas y los minutos de esa jornada inútil.

¿Encontraría a Zíper?

SEGUNDO DÍA: 40 MORTADELAS Y NI UN VASO DE AGUA

Mientras Pablo pensaba en la forma de dar con Dignísimus Zíper, Cremallerus vivía un gran momento:

—¡Qué felicidad es odiar!

Luego se lavaba las axilas con detergente y se secaba la lengua con una toalla. Cuando un olorcillo le hacía sospechar que los virus habían llegado a sus pies, llenaba la tina con agua de acumulador y se remojaba seis horas.

Cremallerus seguía siendo miembro del Club de Admiradores de *Nube Líquida,* y se presentó a una reunión, con todo y su peluca, para gritar:

—¡*Nube Líquida* ha muerto! ¿Quieren seguir adorando a unos dioses de mortadela?

Los *nubosos liquidómanos* atacaron al intruso.

—¡No, por favor, retiro lo dicho! —gritó Cremallerus, mientras era aporreado.

—¡Alto! —exclamó el presidente del Club de Admiradores—. Te dejamos en paz si te comes 40 mortadelas.

"¡Esto es una pesadilla!", pensó Cremallerus, "esto no puede ser real".

Para su desgracia, era real. Cremallerus, el más científico entre los malvados y el más malvado entre los científicos, tuvo que tragar 40 mortadelas.

Salió del Club de Admiradores tan inflado que él mismo parecía una mortadela.

Al llegar a su casa se vio al espejo y se dio tanto asco que vomitó una vez. . . vomitó dos veces. . . vomitó tres veces. . . durante varios días días no hizo otra cosa que vomitar.

Muchos periódicos hablaron del suceso:

"FANTÁSTICO ATASQUE DE MORTADELA", "RÉCORD MUNDIAL: 40 MORTADELAS Y NI UN VASO DE AGUA".

Gonzo, Ruperto y Nelson leyeron las noticias, sorprendidos de que se recordara al grupo de ese modo.

—¡No puede ser! —gritó Nelson—, nuestra música ha pasado a segundo plano, parece que somos una salchichonería y no un grupo de rock.

—Tenemos que desintegrarnos cuanto antes Tal vez una viuda se quiera casar conmigo. Me resignaré—dijo Ruperto, con voz de tremenda dignidad.

—Le dimos nuestra palabra a Pablo —dijo el mánager—. ¿Qué les cuesta esperar unos días?

—¡Cómo extraño el "pato a la Peng"! —exclamó Gonzo.

—¡Y a la dulce Peggy! —suspiró Nelson.

Los ojos de Ruperto se iluminaron:

—Extraño a Katia, Wendy, Yoli, Lucy, la *Chata*, Galia, Nancy-Pancracia, Hermelinda. . . —cuando los demás músicos se fueron del edificio, Ruperto seguía repasando los nombres de sus novias.

Mientras tanto, Cremallerus vomitaba sin parar.

Pablo estaba tan desesperado que hizo una llamada a Suecia y preguntó si el profesor Zíper era candidato al Premio Nobel.

—Kreo que no; voy a komprobar —dijo la sekretaria sueka.

Después de unos segundos que a Pablo le salieron carísimos dijo:

—Akí sólo tenemos a Zebra, ke se postuló a sí mismo. ¿Lo konoce?

—Por desgracia.

Pablo colgó, muy decepcionado de la situación de la ciencia mundial. ¿Era posible que nadie supiera dónde encontrar a un genio como Zíper?

De nada le sirvió hablar a periódicos, cadenas de televisión y otros lugares supuestamente informativos. Zíper parecía borrado de la faz de la tierra.

Revisó cada uno de los papeles de Ricky vació cajones y armarios. Nada, absolutamente nada que informara de Zíper.

¿Tenía caso seguirlo buscando?

En la noche fue a las oficinas del conjunto. Vio la nube de neón en la cima del edificio y le pareció más triste que nunca. Pronto tendrían que desmontarla.

Subió a la oficina del mánager y la secretaria lo hizo pasar de inmediato.

—Pablo, ¡tan pronto! —exclamó el mánager.

—Sí, vengo a decirles que. . . —pero no

pudo continuar porque la secretaria entró a la oficina.

—Ha llegado un fax.

Y mostró el siguiente texto:

LEÍ NOTICIA ATASQUE DE MORTADELAS. SOY GRAN FAN DE ROCK EN GENERAL Y NUBE LÍQUIDA EN PARTICULAR. ESTOY PREPARANDO CONDIMENTO PARA MEJORAR CALIDAD MORTADELAS. MAÑANA ENVIARÉ RECETA.

Firmado: Dignísimus Zíper.

—¿Qué clase de loco es éste? —preguntó el mánager.

—No es ningún loco. Tenemos que esperar su mensaje de mañana —dijo Pablo.

—¿Por qué?

—No puedo decirlo.

El mánager encendió un puro y soltó una gruesa humareda. Luego dijo:

—Otra vez con tus misterios, por cierto, ¿qué querías decirme?

—Nada. . . nada. . .

—Pablo, ¿te sientes bien?

El mánager lo veía como si fuera un marciano recién aterrizado.

—Sí, estoy bien. Voy a dormir junto al fax. Quiero ser el primero en leer el mensaje.

—¿¡Cómo puede estar bien alguien que duerme junto al fax!? —gritó el mánager—. En fin, haz lo que quieras. Por mí te puedes embarrar de miel —el mánager empezaba a sonar como su abuela.

Esa noche Pablo Coyote durmió en el pasillo, esperando oír el repiqueteo del fax.

Quizá por la esperanza de recibir noticias de Zíper tuvo un sueño muy apacible, en el que él y su hermano jugaban con sus padres. Una sonrisa atravesaba su rostro.

TERCER DÍA:
MIÉRCOLES DE FAX

El hombre es el único animal capaz de sentirse famoso. Sin embargo, el profesor Zíper era feliz sin que premiaran sus inventos. Ya hemos dicho que los miércoles enviaba algún descubrimiento científico por su fax y no se molestaba en cobrar.

Vivía bien, aunque sin grandes lujos, gracias a sus cultivos de brócoli. Michigan, Michoacán, es una tierra fértil, tan fértil que los brócolis son más altos que las casas.

La sabiduría de Zíper abarcaba muchas ramas del conocimiento; tenía telescopios para explorar lejanas estrellas y radios de onda corta para oír las mejores estaciones de rock del Polo Norte y el Polo Sur.

La gente de Michigan le pedía ayuda en asuntos que podían ir desde un dolor de muelas hasta la reparación del jacuzzi del presidente municipal.

Zíper estaba dispuesto a colaborar con el prójimo, siempre y cuando no jugara el Atlético de Michigan, su equipo favorito.

Era tan aficionado al futbol que había hecho que su loro se aprendiera los nombres de los once titulares y los cinco reservistas de su equipo.

—¡*En la portería...con el número uno...* ! —gritaba el loro, y la gente sabía que no podía interrumpir a Zíper.

El profesor tenía una enorme discoteca; ponía el tocadiscos a tal volumen que el bosquecillo de brócoli vibraba en torno a la casa.

En cuanto a las películas, se caracterizaba por ser un espectador caprichoso. A cualquier hora del día entraba al cine de su casa. Empezaba a ver una película de ballenas y de pronto se le antojaba una de astronautas; entonces manipulaba el tablero de controles —computarizado de acuerdo con el programa *Opticus*— y escogía algo sobre el espacio.

Así, una película en casa de Zíper podía durar seis horas y tratar de un duelo en el Oeste, un crimen en Nueva York, un combate de karatekas y un viaje a Plutón.

Aunque todos los miércoles inventaba algo (así fuera una minucia, como la vitamina W que ayudaba a los estreñidos), su ilusión de toda la vida era crear la pastilla para ver películas.

"Una pildorita para ver lo que se te antoje, con tus actores favoritos", pensaba ilusionado.

Para lograr este invento había construido un inmenso laboratorio. En un extremo estaba una videocasetera en la que se introducían todas las películas filmadas por el hombre. Las imágenes eran absorbidas por una compleja red de sensores magnéticos. Luego pasaban a un condensador de partículas.

En una gota cabían todas las películas del mundo.

Por último, la *pastilla del cine* adquiría un estupendo sabor a palomita de maíz.

Zíper se negaba a escoger otro sabor:

—¡El cine sabe a palomita!

Aunque había logrado condensar las imágenes en la pastilla, el invento no era perfecto.

Había algo que ni siquiera él parecía capaz de resolver. ¿Cómo hacer para que la gente viera exactamente la película que quería ver?

Al centro del laboratorio, una esfera de platino giraba a una velocidad sónica. Era el acelerador de la voluntad.

Todos los deseos del hombre estaban contenidos ahí y eran filtrados a la pastilla.

Sin embargo, cada vez que Zíper probaba su pastilla tenía malos resultados:

—¡Este deseo no es mío! —exclamaba molesto.

En efecto, estaba viendo la película preferida de su tía Raquelita.

En una ocasión hizo un experimento con 20 ciudadanos distinguidos de Michigan, Michoacán.

¡Qué desastre!

El presidente municipal vio la película favorita del líder de la oposición, el portero del Atlético vio la película favorita de un delantero que le clavó un penalty y la célebre actriz Katy Kristal vio la película favorita de su tercer esposo (¡y ya iba en el octavo!).

Las voluntades se habían cruzado como líneas telefónicas descompuestas.

Zíper sabía que la falla estaba en el acelerador de la voluntad. Había pasado las últimas semanas sumido de cabeza en la esfera de platino que contenía los deseos. Revisaba cada microcircuito con la ayuda de una lupa de gran aumento.

En las noches descansaba oyendo rock pesado.

En ésas estaba cuando leyó en los periódicos sobre el atascón de mortadela y se le ocurrió hacer ¡una salsa superior al catsup!

Inventar salsas era fácil para alguien de su sabiduría. En un par de horas preparó la mezcla perfecta.

Pablo aguardaba con paciencia la llegada del mensaje. A las seis de la mañana del miércoles despertó con el rítmico temblor del fax. Dignísimus Zíper estaba al otro extremo de la línea.

Pablo leyó con asombro el envío del científico.

La receta decía así:

> 2 *cucharadas soperas de mermelada de tomate*
> 3 *cuadripollos fritos*
> 1 *gota de anticongelante para coche*
> 1 *kilo de páprika*
> *Brócoli al gusto.*

—¡Este tipo está más loco que una cabra! —exclamó el mánager de *Nube Líquida* que también había decidido dormir en la oficina.

—Un momento —dijo Pablo—, todavía lo tenemos en la línea.

Accionó el fax y pidió la dirección del profesor Zíper.

La respuesta llegó en el acto. Sin embargo, la dirección era tan extraña como la receta:

> *Dignísimus Zíper*
> *Calzada de los Brócolis 1 al 40*
> *(puerta verde)*
> *Colonia Superbrócoli*
> *Mich, Mich.*

—¿Dónde diablos está Mich, Mich? —preguntó Pablo.

Nadie supo decirle y pasó el resto de la mañana revisando mapas.

Mientras tanto, la secretaria, que era muy antojadiza, preparó la salsa de Zíper. La untó a un trozo de mortadela y descubrió que era exquisita.

—¡UUUUUUUAUUUUUU! —gritó.

De tanto ver mapas, los países bailaban frente a los ojos de Pablo. Lo único semejante a Mich, Mich, era Michigan, Michoacán, un pueblecito dentro del país.

Habló a varias agencias de viajes y se enteró de que sólo había una forma de ir ahí: a bordo del *Expreso de Michigan*, un autobús que hacía 14 horas de viaje.

"¿Qué clase de expreso es ése?", se preguntó. Ya lo sabría.

Pablo le telefoneó a su abuela para avisar que saldría de viaje unos días. La viejecita le contestó:

—Cuidado con los mocos.

—Sí, abue.

Luego se despidió del mánager.

—Recuerda que ya sólo te quedan siete días.

—Claro —contestó Pablo y salió disparado a la estación de autobuses.

El *Expreso de Michigan* resultó ser un vejestorio que echaba humo por el motor como dragón enojado.

Los asientos eran incómodos y despedían un curioso olor a brócoli.

Además, era el único pasajero.

Estaba a punto de renunciar a su viaje cuando alguien más subió al autobús.

La niña tenía hermosos ojos castaños. También la nariz respingada de las presumidas.

Ella le dirigió una mirada de superioridad y se sentó en primera fila, como si quisiera ver el paisaje antes que él.

"Qué mujer tan odiosa", pensó Pablo, "y apenas tiene como 12 años".

Sin embargo, también sintió un curioso cosquilleo en el estómago y ya no pensó en bajarse.

El autobús arrancó entre estornudos de humo.

—Qué pésimo servicio —protestó la niña.

A Pablo le pareció todavía más presumida pero estuvo de acuerdo.

Cuando salieron a la autopista, la niña ordenó al chofer que se detuviera.

—¿Podría decirle al señor de allá atrás que cierre su ventana? Tengo una garganta muy sensible.

"¡Qué insoportable!", pensó Pablo. Pero también le gustó que lo llamara "señor".

Y así, con estos sentimientos tan confundidos como las voluntades en la esfera de platino del profesor Zíper, Pablo Coyote se dirigió a Michigan, Michoacán, el pueblo donde crecía el mejor brócoli del mundo, donde todos le iban al Atlético y donde el genio más modesto seguía probando sus pastillas para ver películas.

CUARTO DÍA:
UN CHOCOLATE A LA
VELOCIDAD DE NEPTUNO

El autobús avanzó con la rapidez de un triciclo. Después de 14 horas, Pablo se sentía molido.

Finalmente, Michigan, Michoacán, apareció a la distancia.

Lo primero que vio fue un campanario blanco, rodeado de casitas con techos de teja.

Había llovido en los últimos días y las calles estaban llenas de charcos.

—¿Adónde va usted, señorita? —preguntó el chofer.

—A la iglesia, por favor.

—¿Ahí la dejo?

—Ahí.

A Pablo le sorprendió que el autobús llevara a los pasajeros hasta sus casas y que la niña se hospedara en la iglesia.

—¿Y tú?

"¿Por qué a mí no me habla de usted?", pensó Pablo, y dio la dirección del profesor Zíper.

El autobús siguió su camino, espantando a las gallinas y los cerdos que correteaban por la calle.

En la plaza de armas, un burro dormía la siesta. A Pablo le pareció increíble que el mejor científico del mundo viviera en semejante ranchería.

En esos momentos miraba todo con los ojos de la gran ciudad. Aún no conocía las muchas sorpresas que el pequeño Michigan tenía que ofrecer al visitante.

El autobús se detuvo con un fuerte empellón

y el chofer dijo:

—Servida, señorita.

Estaban junto a la iglesia.

Antes de descender, la niña fue al asiento de Pablo.

Se veía muy fresca, como si hubiera dormido durante todo el trayecto.

Habló con una voz muy, pero muy artificial:

—Perdone, caballero, pero no pude evitar oír que se dirige usted a casa del sabio Zíper. ¿Sería tan bondadoso de darle un mensaje de mi parte?

Aquella niña hablaba como un libro de gramática. ¡Qué aburrida!

Pablo estuvo a punto de contestarle: "estoy a sus pies, gentil dama", pero se limitó a decir:

—Claro.

—Dígale que iré a verlo mañana.

—Gracias —dijo Pablo.

—Es usted un encanto. Chaaaaaao.

La niña caminó con gracia por el pasillo y bajó del camión.

Pablo estaba tan ofuscado que olvidó preguntarle su nombre. "¿Y por qué le di las gracias si soy yo quien le hace un favor? ¡Qué estúpido! ¡Qué superimbécil!"

El párroco esperaba a la niña en la puerta de la iglesia:

—¡Qué felicidad, sobrina mía, llegas justo el día de Santa Pantufla, patrona del pueblo!

Pablo no pudo oír más porque el autobús partió con gran estruendo.

Entonces ocurrió algo curioso; dejaron de saltar por calles empedradas y entraron a una moderna avenida.

—Estamos en Michigan el Nuevo —informó el chofer.

Luego tomaron un túnel y al salir el olor

a brócoli se hizo más intenso.

A ambos lados del camino había enormes árboles verdes.

—Brócoli de temporada —dijo el chofer.

Entre las erizadas ramas de brócoli había ropa tendida al sol.

Todas las casas tenían la puerta verde (la indicación del profesor Zíper salía sobrando). Por suerte el chofer sabía cómo llegar. Dobló a la izquierda, a la derecha, a la derecha, a la izquierda, en fin, entró a un laberinto de calles arboladas con brócoli.

—Aquí es —dijo cuando Pablo empezaba a marearse.

Bajó del autobús y un fragante viento de brócoli le abrió el apetito.

La casa del profesor Zíper no se parecía a las demás. De hecho, no se parecía a nada. Las habitaciones se amontonaban unas sobre otras en diversas formas geométricas.

En eso escuchó una voz grave a sus espaldas:

—¿Te gusta la arquitectura quecosaédrica?

Pablo se volvió y vio la cabellera blanca y los ojos inquietos, encendidos, de Dignísimus Zíper.

—Profesor. . . —empezó a decir Pablo, nervioso de estar frente a un genio.

—Nada de formalismos que se nos cuaja el chocolate. A ver, entra a ayudarme —Zíper prácticamente empujó a Pablo hacia la casa—. Cuidado, no te vayas a tropezar con mis peldaños quecosaédricos a prueba de ladrones.

En verdad había que caminar con mucho cuidado para atinarle a esos escalones que parecían escapar bajo los pies.

Pasaron por un cuarto que olía a caballo.

—Perdón por el olor, amigo, pero estoy

inventando el caballo de ultra-fuerza para los coches de carreras.

—Los caballos de fuerza no huelen —se atrevió a decir el visitante.

—Éste sí, por eso es mejor.

Llegaron a la cocina y Zíper señaló un tazón en el fuego:

—¡A batir, a batir que se nos cuaja el chocolate!

Pablo tomó la cuchara de madera y empezó a darle vueltas.

—¿Sabes batir a velocidad Plutón? —preguntó Zíper.

Pablo puso tal cara que el profesor añadió:

—Para batir chocolate no hay como la órbita de Plutón. Los demás planetas son demasiado rápidos. Plutón avanza un chorromilésimo de kilómetro cada infrasegundo. A la misma velocidad lograrás el batido perfecto.

—¿Así?

—¡No, por Einstein! Parece que vienes de

Marte. Controla tu pulso, respira hondo, avanza, no tan rápido, eso. . .

Zíper sacó un cronómetro:

—¡Magnífico! ¡A ritmo de Plutón! —aplaudió, feliz de la vida.

Luego metió un dedo en el chocolate y se lo chupó golosamente:

—En una hora regreso. No te detengas.

Pablo quedó terriblemente consternado. Había viajado 14 horas para llegar a la casa de un científico que batía el chocolate de acuerdo con las órbitas de los planetas.

Siguió batiendo hasta que el brazo se le durmió. Entonces volvió Zíper:

—A ver, camarada. La prueba del dedal.

El científico sacó una tacita diminuta y sorbió un traguito:

—Mmmmm, yo diría que en Saturno apreciarían muy bien tu menjurge. Aumentaste la velocidad, pero no importa, para ser la primera vez está bastante bien. ¿Por cierto, qué haces en mi casa?

—Usted me dijo que batiera. . .

—Sí, sí, ¿pero a qué viniste?

—Es una larga historia.

—A ver, sírvete una taza de tu chocolate y siéntate a conversar. Tengo un minuto y trece segundos disponibles.

Pablo contó la historia de *Nube Líquida* y el accidente de su hermano. Zíper lo escuchó con gran atención, pero de pronto gritó:

—¡Tiempo fuera! Tengo un experimento en el horno. Ahora vuelvo.

El profesor no se refería al horno de su cocina porque salió de prisa. Al cabo de un rato volvió, con cara triste:

—La ciencia está de malas en la calle Brócoli.

—¿Qué sucede? —preguntó Pablo.

—Luego te cuento. Primero termina tu historia. Pero, ¡por amor a John Lennon, dime algo que no haya leído en las revistas de rock!

—¿Puedo beber más chocolate? —preguntó Pablo.

—Estás en tu casa: bebe y muerde donde quieras. Mientras, pondré algo de rock.

El profesor puso la música a gran volumen.

—¡Sigue hablando! —le gritó a Pablo.

—¡No me va a oír!

—Sé leer los labios, habilidad muy recomendable para los fanáticos de rock —informó el profesor.

Cuando Pablo terminó su historia, el profesor se dirigió a su aparato de música (una fantasía electrónica con toda clase de filtros y cerebros de sonido) y quitó el disco.

Pablo añadió:

—Necesito otra cuerda de sol, una que pueda tocar yo. Sé que usted le ayudó a mi hermano.

—La situación es difícil. Tenemos muy poco tiempo —dijo el profesor.

—¡Por favor!

—Difícil, difícil.

—¡Por la ciencia!

—Tibio, tibio.

—¡Por amor a sus brócolis!

—Caliente, caliente.

Pablo creyó haber convencido al original científico. Sin embargo, después de unos segundos, Zíper se jaló los pelos y dijo:

—No hay tiempo. Mañana juega el Atlético. Además, tengo un problema terrible en el laboratorio. Te puedo ayudar, pero no ahora. ¿Qué tal si te quedas a vivir unos días y luego conseguimos la cuerda de sol?

—En seis días tengo que estar de regreso.

—¿Seis días luz o seis días Michigan?

—Supongo que seis días Michigan —musitó Pablo.

—Difícil, difícil.

Pablo, no cabe duda, había llegado en el peor de los momentos. Por primera vez en su larga carrera de científico, Zíper estaba desesperado. La pastilla para ver películas había vuelto a fallarle.

Curiosamente, Pablo tomó con calma la actitud del profesor. El chocolate le había dado una enorme seguridad en sí mismo.

—¿Qué tiene el chocolate?

—¡Qué va a tener! Cacao, gran invento de los indios mexicanos, claro que ellos lo batían mejor, ¡eran grandes astrónomos!

—¿Y qué más?

—Azúcar, un poco de esto, un poco de lo otro. . .

—Es que me siento distinto, muy seguro, como si ya no tuviera problemas.

—Vaya que si los tienes, ¡y de qué tamaño! Tu organismo debe estar reaccionando al aceite de castor. Mezclo unas gotitas con el chocolate cuando tengo que trabajar horas extra. Ya sabes que los castores tienen un horario de oficina de 18 horas diarias.

—Pues yo me siento muy seguro.

—Tan seguro como un castor. Y ya que tienes tanto ánimo ven a mi laboratorio.

Pablo entró a un recinto fabuloso. Al fondo había una pantalla de cine. De ahí surgían muchos tubos de cristal que iban a dar a una esfera de platino que giraba a gran velocidad.

—Ahí está el problema —Zíper señaló la esfera.

El profesor explicó que había logrado sintetizar todas las películas del mundo en una gota.

Sin embargo, quien se comía la pastilla veía la película favorita de *otra* gente.

—El acelerador de voluntades está fallando —añadió Zíper—. Todos los deseos del hombre están programados ahí, pero algo pasa porque no he logrado que la gente vea la película de su voluntad, es como si sólo existieran voluntades ajenas. ¡Qué angustia, Kepler de las alturas!

"¡Qué complicado!", pensó Pablo, y se le ocurrió una pregunta:

—¿Cómo juntó las voluntades en la esfera?

Zíper lo vio como si preguntara algo muy idiota:

—¿No sabes nada de electrofrenética?

—No.

—¡¿Pero qué enseñan en las escuelas?! Mira, dentro de la esfera hay un "espejo de microcircuitos". Si te le pones enfrente, absorbe todo lo que tú sientes. Es un espejo que refleja tus deseos.

—¿Y el espejo está dentro de la esfera?

—En efecto, pero algo falla.

—¿Y cómo programó el espejo?

—Muy sencillo. Después de construirlo, me coloqué delante de él y absorbió mis sentimientos.

—¿Los suyos nada más?

—Claro. Todos los hombres sentimos lo mismo.

Por alguna razón, Pablo recordó a la niña que viajó con él en el autobús. Había olvidado darle su mensaje al profesor Zíper. Sin embargo, tampoco ahora habló de ella. Se limitó a decir, con la voz más segura de su vida:

—Profesor Zíper, creo que puedo ayudarlo.

—No estés tan seguro, recuerda que no pudiste batir el chocolate a la velocidad de Neptuno.

—Esto es distinto: sé cómo corregir el espejo.

—Me parece que le puse demasiado aceite de castor a ese chocolate —Zíper se rascó la cabeza.

Pablo sentía una enorme confianza; su mente se llenaba de chispazos precisos, atinados:

—Escúcheme un minuto, profesor, pero antes prométame que si le convence mi idea me ayudará con la cuerda de sol.

—Eso se llama chantaje.

—No me importa.

—Mañana juega el Atlético —dijo Zíper, con voz temblorosa por la emoción de ver a su equipo.

—Sólo durante 90 minutos —le contestó Pablo.

—Pero yo me pongo nervioso todo el día.

—¡Beba aceite de castor!

—¿Quieres que me vuelva chocoadicto? A ver, dime tu idea, no creo que puedas convencerme.

Pablo habló durante media hora, con una seguridad que a él mismo le asombraba.

Zíper era un fanático del Atlético, pero también un hombre de ciencia. Amaba la verdad tanto como los goles de su equipo. Si otra persona tenía razón, lo reconocía de inmediato.

La idea de Pablo le pareció excelente, realmente excelente.

Sí, la solución se le tenía que ocurrir a otra persona, pues el problema del experimento había sido el propio Zíper.

—Me has derrotado en mi propia cancha —dijo Zíper, que una vez más daba pruebas de su gran modestia—. Mañana haremos la verdadera pastilla para ver películas y te diré cómo conseguir la cuerda de sol.

¿Qué se le había ocurrido a Pablo?

Algo en verdad único. Sin embargo, por el momento hay que dejarlo descansar. Llevaba 14 horas de viaje, una de batir el chocolate y otra de convencer a Zíper.

—Aquí estarás cómodo —dijo el profesor

y Pablo se desplomó sobre la cama.

Se durmió de inmediato y soñó que iba por un campo donde todos los árboles eran de brócoli, siguiendo algo que primero parecía una burbuja de jabón, pues era fragante y leve, muy leve. Sin embargo, para ser una burbuja tenía demasiadas cosas: pelo castaño, nariz respingada y una voz que en el sueño sonaba muy natural:

—¿Podría devolverme mi calcetín, caballero? —decía la niña y echaba a correr.

Pablo pasó el resto del sueño persiguiendo a la niña para ponerle el calcetín.

QUINTO DÍA:
REPARANDO EL ESPEJO

Pablo despertó con grandes ánimos de ayudar en el experimento.

El profesor se había levantado desde temprano para regar sus brócolis y oír rock en sus audífonos de hule espuma.

Pablo lo encontró bailoteando: Zíper saltaba como canguro electrocutado.

—Buenos días —dijo Pablo.

Zíper se quitó los audífonos:

—Muy buenos tengas. Manos a la obra, o mejor dicho, manos a la pastilla.

—Todavía no —dijo Pablo.

—Me lo imaginaba, quieres tu chocolate.

—Hace falta algo más.

Ese "algo" tenía pelo castaño y nariz respingada.

—La sobrina del párroco va a venir hoy —informó Pablo.

—¿La sobrina? ¿La que está como para chuparse los dedos de las manos y los pies?

Pablo nunca había oído esa extraña expresión. Vio al profesor con cara de asombro.

—¿Estás apasionadamente loco por ella? —preguntó Zíper—. Yo lo estaría, si tuviera tu edad.

Pablo nunca había estado *apasionadamente loco* por nadie. Prefirió cambiar de tema:

—Profesor Zíper, la niña nos puede ayudar en el experimento.

—¡Gran pretexto para que sea tu novia! —exclamó Zíper, feliz de la vida, mientras batía el chocolate (estaba tan contento que ya iba a la velocidad de Mercurio)—. Ojos almendrados y nariz de pellizco, ¡espléndido pimpollito!

¿Cuántas tonterías podía decir alguien tan inteligente? Pablo no salía de su sorpresa. Zíper continuó:

—Un poco presumidilla, eso sí, pero ya se le quitará. Te felicito, Pablo, eres el rompecorazones de la colonia Superbrócoli.

Pablo estuvo a punto de decirle que iba a ser el rompenarices si no se callaba, pero no podía poner en peligro su relación con Zíper.

¿Por qué alguien tan simpático resultaba tan difícil? Con la gente odiosa uno sabe a qué atenerse, el problema es tratar a los simpáticos complicados.

En eso sonó el timbre electrónico inventado por Zíper que imitaba la risa de un delfín.

—¡Debe ser ella! Vamos, péinate muchacho, pareces pájaro africano —dijo el profesor.

Pablo se ensalivó la mano y se planchó el pelo. No quiso verse al espejo; seguramente se veía espantoso.

El profesor fue a abrir y él aguardó en la sala de los sofás quecosaédricos.

—¡Qué linda casa! —oyó la voz de la niña.

Pablo la vio llegar y sintió que el corazón se le aceleraba al ritmo de "Labios de chocolate".

—Ya se conocen, ¿verdad? —dijo el profesor.

—Sí, pero no hemos sido presentados formalmente. Mi nombre es Azul —dijo la niña.

—El mío verde —bromeó el profesor—. Perdón, ¡qué pésimo chiste!

—Pablo Coyote —dijo Pablo Coyote.

—¿No será usted pariente de ese espantoso rocanrolero? —preguntó Azul.

—Es mi hermano.

—¡Oh! Lo siento. Qué bochorno, qué vergüenza.

¡Demonios!, esa niña era un desastre: tenía un nombre raro, era más presumida que un pavorreal y odiaba a su hermano.

Y pese a todo, él no podía dejar de ver sus mejillas rosadas.

Las emociones de Pablo se estaban volviendo muy extrañas: le costaba gran trabajo soportar al simpático Zíper y en cambio quería estar todo el tiempo con la pesada Azul.

¿Era eso lo que los adultos llamaban "crecer"? Antes el mundo se dividía en buenos y malos, ahora la gente le parecía buena-insoportable, mala-adorable y otras combinaciones caóticas. ¡Qué enredo!

—¿En qué podemos servirte, pequeña? —preguntó el profesor y le guiñó un ojo a Pablo.

—Quiero que me fabrique un champú para mi hermosa cabellera.

—¿Quieres algo contra los piojos? —preguntó Zíper.

—¡No tengo piojos! —se ofendió Azul.

—¿Líquido anti-caspa?

—¡No tengo caspa!

—¿Tónico anti-sarna?

—¡No tengo sarna!

—¿Qué necesitas, entonces?

—¡Un cabello sedoso, irresistible!

"¡Qué niña tan recontraidiota!", pensó Pablo y vio su cabello sedoso, irresistible.

—Tómate una cucharada de aceite de castor. El profesor le tendió una cuchara.

—¿Le dará más cuerpo a mi cabello? —preguntó Azul.

—No, pero te olvidarás del tema.

El aceite le hizo estupendo efecto a Azul: tuvo gran confianza en sí misma y no volvió a hablar de su pelo.

—Y ahora necesitamos que nos ayudes —dijo el profesor.

—Estoy dispuesta a colaborar en todo lo que no signifique hacer el ridículo. Tengo mucho sentido del ridículo.

"Superidiota", pensó Pablo; sin embargo dijo con gran hipocresía:

—No te preocupes.

¿Qué planes tenía Pablo? ¿Era capaz de resolver algo que no había solucionado ni el mismísimo Zíper?

El problema del experimento estaba en la esfera de las voluntades: cada quien veía una película al gusto de *otra* persona.

Gracias al aceite de castor, Pablo encontró la solución: el profesor había recogido en el espejo *sus* sentimientos. Sin embargo, como era un hombre muy generoso, pensaba en los demás antes que en sí mismo. Por eso cada quien veía la película favorita de *otra* gente.

Para sentir lo que a uno le dé la gana se necesita algo de egoísmo.

La solución era colocar ante el espejo a alguien egoísta, ¿y quién mejor que Azul?

Pablo le dijo:

—Necesitamos tu ayuda. Sólo tienes que ponerte frente a un espejo.

—¡Mi objeto favorito! —contestó Azul.

—Voy a programarlo —intervino Zíper.

El profesor se metió de cabeza en la esfera de platino y sacó una plancha saturada de microcircuitos.

Durante media hora estuvo aplicando un delgadísimo desarmador en el aparato.

—Todo en orden —dijo, y colocó la plancha frente a la niña.

—¿Esto es un espejo? —preguntó ella, sorprendida de no ver el reflejo de su linda cara.

—Un espejo especial: no refleja tus facciones, sino tu carácter —explicó Zíper.

—Supongo que tengo un carácter bastante hermoso. . . —contestó Azul, que no acababa de entender lo que sucedía.

—No te muevas —le pidió Zíper—, o tu carácter va a salir movido.

El profesor vendó los ojos de Azul.

Luego, él y Pablo se dirigieron al reactor que ocupaba todo un rincón del laboratorio.

—¿Lista? —preguntó Zíper.

—¿Me promete que no haré el ridículo? —dijo Azul.

—Prometido —y Zíper bajó palancas, encendió botones, giró un disco negro.

El tablero del reactor se llenó de luces. Las agujas empezaron a marcar números.

—Y ahora, el supercuinch —dijo Zíper.

Al centro del reactor estaba la huella de una mano, moldeada al tamaño exacto de la mano del profesor.

Zíper tocó el reactor y un estruendo sacudió el laboratorio.

El espejo se encendió con un fulgor plateado. Rayos, relámpagos y magníficas vibraciones rodearon a Azul.

El espejo absorbía los sentimientos de la niña.

Una nube de humo rojizo cubrió los frascos y tubos de cristal; el experimento alcanzaba su máxima temperatura. La cabellera de Zíper se alzó hacia el techo, los ojos parecían a punto de salirse de sus órbitas, su piel era color cereza, gruesas gotas de sudor bajaban por sus patillas.

Finalmente, el profesor apartó la mano del reactor.

Cayó de rodillas, agotado.

Durante unos segundos resopló como un caballo.

Luego se puso de pie y ajustó palanquillas y botones.

—Listo, Evaristo —dijo.

—¿Terminamos? —preguntó Pablo.

—Seguro, Arturo.

El profesor parecía afectado.

—¿Qué le sucede?

—Un efecto secundario, secretario.

—¿Ya sólo va a hablar en verso?

—Naturalmente, Clemente.

Pablo estaba en verdad preocupado:

—¿Cómo puedo ayudarlo? —preguntó.

—Escupe, Lupe —el profesor le tendió la mano que había puesto en el reactor: estaba tan caliente que echaba humo.

—¿Quiere que le escupa la mano?

—Te imploro, Teodoro.

Pablo juntó saliva y escupió en la palma colorada.

Se oyó un *sssssssss*.

—¡Qué gracia, Pancracia! —dijo el profesor.

Por fortuna la mano se enfrió pronto y éste fue su último verso.

—¿Qué sucedió? —Pablo no salía de su asombro.

—El otro día usé el reactor para hacer poemas y se me olvidó limpiar los versos. ¿Cómo está Azul?

Fueron al sitio donde la habían dejado. La niña seguía inmóvil, con la venda en los ojos.

—Parece que todo salió bien —dijo Zíper, pero de inmediato añadió—. ¡Oh no, una fuga!

Se acercó al espejo y señaló un agujerito del que salía un hilo de humo.

—Una fuga. . . ¿ridícula? —preguntó Azul, con voz temblorosa.

—Espero que no sea grave —dijo el profesor—, se te ha fugado un sentimiento.

—No te preocupes —comentó Pablo—, no has hecho ningún ridículo.

—¿Ridículo? ¿A quién le importa el ridículo? —dijo Azul, con una voz distinta; luego añadió, en un tono sincero y sencillo—: ¿Me puedo quitar la venda?

—¿Te ayudo? —dijo Pablo.

—Gracias.

Abrieron las ventanas para que saliera el humo.

Zíper le dijo a Pablo en voz baja:

—Por ahí se va un sentimiento de Azul,

espero que no sea su amor por ti.

El profesor encendió el proyector y la pantalla se llenó de imágenes: las escenas de millones de películas se proyectaron a gran velocidad. La esfera empezó a girar. Ahora contenía los sentimientos de Azul.

La pastilla con sabor a palomita de maíz quedó lista y cada quien tomó la suya.

La intuición de Pablo había sido magnífica. Esa niña haría su voluntad antes que la de cualquier otra persona. Ahora cada uno vio su película favorita. La pastilla ya no obedecía a los deseos ajenos sino a los caprichos de cada quien.

—¡Qué maravilla! —exclamó Zíper, con los ojos encendidos.

El profesor vio la comedia musical más fabulosa de la historia. Movía los brazos al compás de la música y saltaba en su butaca.

Azul vio una historia muy romántica, llena de besos y flores, que la hizo llorar mucho.

Pablo vio una película muy parecida a su sueño de la noche anterior: perseguía a una niña por el campo y ahora sí lograba ponerle el calcetín en su hermoso pie desnudo.

—¿Otra pastillita? —ofreció el profesor.

—Nos la echamos —dijo Pablo.

Pasaron toda la tarde viendo películas maravillosas. La ciencia de Zíper, los caprichos de Azul y la ocurrencia de Pablo se habían combinado de manera perfecta.

Sin embargo, según diagnosticó Zíper, el espejo tenía una fuga.

¿Qué sentimiento se había escapado por ahí?

Zíper estudió a Azul, observó sus reacciones y supo que por un afortunado azar, la niña había perdido la vanidad y el egoísmo.

Sin embargo, algo más se fugó por el espejo.

Entonces ni Zíper, ni Pablo ni siquiera la misma Azul podían saber que por aquel agujero también se había ido el odio al rock ultrapesado.

Cuando Pablo le recordó a Zíper su promesa de ayudarlo a conseguir la cuerda para *Nube Líquida,* Azul preguntó:

—¿Conoces al mejor grupo del mundo?¡Qué fabuloso!

Azul corrió a la cocina, se embarró la boca de chocolate y cantó la célebre canción del cuarteto. El pelo que antes le preocupara tanto se agitaba de manera fabulosa.

—Cumpliré mi promesa de ayudarte —dijo el profesor—, te has ganado tu derecho a la ciencia, ahora tendrás que ganarte tu derecho a la cuerda.

—¿Cómo?

—Mañana te lo diré. Por ahora. . . que el rock nos acompañe.

Zíper puso un disco de *Nube Líquida* a suficiente volumen para que los brócolis bailaran alrededor de la casa.

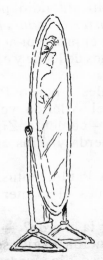

SEXTO DÍA:
LAS TRES TIENDAS

A la mañana siguiente el profesor Zíper despertó muy nervioso por el juego del Atlético de Michigan. Sin embargo, no olvidó su promesa de ayudar a Pablo.

Desayunaron pan con montañas de mermelada y el profesor habló con la boca llena:

—¡¡Çµ¥øåß!!

Pablo pensó que murmuraba una compleja fórmula científica. En realidad, el profesor hablaba del partido de futbol, pero tenía tanta mermelada en la boca que parecía usar un extraño alfabeto:

—¡¡Çø!! —y Zíper soltó una tremenda carcajada.

El loro sí lo entendió porque dijo:

—*En la portería...con el número uno...*

Finalmente, el profesor acabó de tragar mermelada. Hizo buches de leche y exclamó satisfecho:

—Ahhhhh.

"Qué modales", pensó Pablo.

—Si gana el Atlético vendo mi brócoli a mitad de precio —comentó Zíper—. Y ahora a lo nuestro: una cuerda y serás el mejor guitarrista del mundo.

—Sí —dijo Pablo, entusiasmado.

—Bueno, pues el primer paso es comprar la cuerda.

—¿Comprar la cuerda? —a Pablo le pareció increíble que una cuerda mágica se pudiera comprar.

El profesor se dio cuenta de su asombro:

—Mira, hay que comprar una cuerda especial, luego se volverá archiespecial.

Pablo miraba a Zíper con ojos muy grandes.

—Además, no te creas, comprar la cuerda es parte de la aventura —prosiguió Zíper—, debes demostrar que realmente mereces ser dueño del mejor sonido del planeta.

—¿Y qué tengo que hacer?

—En Michigan el Viejo hay tres tiendas de instrumentos musicales. Las tres están en la misma calle. Tienes que escoger la mejor y comprar ahí la cuerda.

—¿Cómo sabré cuál es la mejor?

—Por su letrero de propaganda.

—¿Y así conseguiré la cuerda?

—La cuerda especial. La archiespecial aún va a necesitar algunos preparativos.

—Empecemos —Pablo habló con gran convicción.

—Por supuesto. ¿Qué haces aquí? ¡Ya deberías estar en un taxi rumbo al pueblo!

Zíper llamó por teléfono y al cabo de unos minutos un coche se presentó en la casa.

Era un auto amarillo con un brócoli de plástico en el cofre.

—Taxi para su señoría —dijo el conductor.

—Voy a la calle Brócoli Canta —informó Pablo.

—Espléndida elección, milord —respondió el chofer.

Los taxistas de Michigan eran educadísimos. En el trayecto al pueblo, Pablo fue llamado "su ilustrísima", "su graciosa majestad" y hasta "su santidad".

Después de unos minutos Pablo volvió a ver el pueblito pintoresco. ¿Pintoresco? Bueno, algo había cambiado desde la visita anterior. En el campanario de la iglesia una bocina propagaba una potente canción de rock:

> *Misa para todos, ye-ye*
> *Ostias de sabores*
> *Velas de colores*
> *Ríe con los codos, ye-ye*

> *Confesión caliente*
> *Para el creyente*
> *Suelta tu problema*
> *Hay plátanos con crema*

Por lo visto no sólo Azul, sino también su tío el párroco se había aficionado al rock.

Luego el taxi tomó una pequeña calle empedrada y se detuvo a los pocos metros.

—Hemos llegado, su merced —dijo el chofer.

—¿Cuánto le debo?

—¿Pagar, usted, gentil alteza? Nunca.

—¿El servicio es gratuito?

—Sólo para los amigos de Dignísimus Zíper. Él inventó la gasolina de brócoli que usamos. Así aprovechamos los productos de la comarca y el aire, en vez oler a smog, huele a sopa.

—Gracias —dijo Pablo, un poco confundido por este nuevo invento de Zíper.

—Fue un placer, señor gerente.

El amable taxista arrancó y Pablo se encontró en un estrecho callejón con tres tiendas a la vista. Las tres exponían instrumentos de música y las tres tenían carteles de propaganda. ¿Cuál sería la mejor?

Pablo se fijó con cuidado en los tres letreros.

El primero decía:

AQUÍ SE VENDEN LOS MEJORES INSTRUMENTOS DE LA CIUDAD.

Seguramente ésa era la tienda adecuada. ¿Podía haber mejores instrumentos?

Sin embargo, cambió de opinión al ver la segunda tienda. El letrero decía:

AQUÍ SE VENDEN LOS MEJORES INSTRUMENTOS DEL MUNDO.

Sin duda alguna esa tienda superaba a la anterior, pues el mundo es más grande que la ciudad. Sonaba un poco exagerado, pero ya sabemos cómo son los publicistas.

Pablo estaba por entrar cuando se fijó en la tercera tienda. El letrero decía:

AQUÍ SE VENDEN LOS MEJORES INSTRUMENTOS DE ESTA CALLE.

"Un momento", pensó. "El mundo es más grande y más importante que la ciudad, pero yo estoy en esta calle y también las tres tiendas están en esta calle. Hay una trampa en todo esto".

Se rascó la cabeza mientras leía los letreros, una y otra vez.

Después de mucho rascarse, opinó lo siguiente: "En esta calle, no puede haber nada mejor que lo mejor de esta calle".

Y entró a la tercera tienda.

De inmediato supo que había hecho la elección correcta. Vio una maravillosa colección de guitarras eléctricas y dijo:

—Me da una cuerda de sol.

Sin embargo, no había nadie tras el mostrador.

—Buenos días, ¿¡yu-ju-yu-ju!? —gritó.

—¿Qué se te ofrece? —una voz ronca, muy grave, salió de alguna parte.

—Una cuerda de sol.

—Te tardaste en venir, amigo —la voz parecía surgir de entre los instrumentos.

—¿Usted me conoce? —preguntó tímidamente Pablo.

—Te conoceré mejor cuando toques la guitarra.

—¿Y usted quién es?

—Me dicen La Voz.

—Señor Voz, ¿podría venderme una cuerda?

—Tómala tú mismo, en el tercer cajón de la cuarta gaveta del segundo estante. ¡A la izquierda!

Pablo se dirigió al sitio indicado. Abrió el cajón con cautela, como si contuviera explosivos, y encontró unas inofensivas bolsitas de papel.

Tomó una. Adentro había una cuerda enrollada en círculo. Lucía común y corriente.

—¿Cuánto le debo? —preguntó.

—Siete brocolines y las gracias.

—Perdone señor Voz, ¿no podría verle la cara?

—Estoy viendo el partido del Atlético y cuando juega mi equipo no tengo cara que mostrar.

"Vaya fanático", pensó Pablo y puso el dinero en el mostrador.

—Gracias —dijo.

—Que la cuerda te ayude —respondió La Voz.

Ya afuera, Pablo se preguntó si habría escogido bien. La tienda era muy misteriosa y las cosas excelentes siempre tienen algo de misterio, pero la cuerda parecía demasiado sencilla. De cualquier forma, ya había hecho su elección y no le quedaba más remedio que regresar a casa de Zíper.

Encontró al profesor contentísimo: reía con la lengua de fuera y abrazaba a su loro.

—¡Ganamos! —gritó—. 6 a O al Sporting del Apio. ¡Qué goleada!

—*En la portería con el número uno...* —también el loro estaba contento.

Durante 9O minutos fue imposible hablar de otra cosa que no fuera el partido.

Después Zíper se le quedó viendo a Pablo, como si hubiera bajado de una cápsula espacial:

—¿Y la cuerda? —preguntó el profesor.

—Aquí la traigo.

—¿Dónde la compraste?

—En la tercera tienda.

—La tercera, ¿de izquierda a derecha o de derecha a izquierda? La tercera, ¿viniendo de Michigan el Viejo o viniendo de Michigan el Nuevo?

—La que dice AQUÍ SE VENDEN LOS MEJORES INSTRUMENTOS DE ESTA CALLE.

—¡Bien! Eres muy inteligente, muchacho, con razón apoyas al Atlético —Pablo no había dicho que apoyaba al Atlético pero por lo visto el profesor pensaba que toda la gente inteligente debía hacerlo.

—¿Qué más debo hacer? —preguntó Pablo.

—Por el momento, nada. Ya es hora de que la ciencia trabaje un poco. Vamos al laboratorio.

El profesor extrajo la cuerda de la bolsita de papel, amarró una punta en una varilla con su famoso "nudo de calcetín" y la otra punta en una espiral de vidrio.

—Tenemos que darle un baño de rayos láser.

Fueron al reactor. El profesor activó palancas y botones y puso la mano en el supercuinch.

La cuerda vibró en el aire, animada por una descarga fabulosa. Su color cambió del cobre al oro, del oro al oro puro, del oro puro al blanco . . . se hizo cada vez más pálida hasta que. . . ¡desapareció por completo!

—¡La cuerda! —gritó Pablo.

—Ahí está —dijo Zíper, con el rostro colorado por la energía que le pasaba el supercuinch— Se ha vuelto invisible, es energía pura.

El baño de rayos láser duró horas. Al final

Zíper estaba muy cansado. Esta vez no habló en verso ni pidió que Pablo le escupiera la mano. En cambio, se chupó los dedos: el experimento anterior había dejado un rico sabor a palomita de maíz.

Se pusieron guantes cromados para protegerse de la radiación láser y fueron a descolgar la cuerda.

Entre la varilla y la espiral de vidrio no había más que aire.

—La cuerda seguirá invisible hasta que se seque —informó el profesor—. Por el momento es una línea de energía. Ten mucho cuidado. Repite mis movimientos para desatar el "nudo de calcetín".

Pablo copió cada uno de los movimientos del profesor. No sentía nada entre sus dedos, pero Zíper actuaba con tal seriedad que no se atrevió a contradecirlo.

Con sumo cuidado, subieron la cuerda a la azotea y la amarraron en las ramas de brócoli donde el profesor colgaba su ropa húmeda.

—Mañana estará seca.

Pablo se quedó un rato viendo ese hueco donde supuestamente estaba la cuerda.

"Ojalá el experimento funcione, pues no me queda tiempo para tratar de nuevo", pensó.

En eso sintió una palmada en la espalda:

—Buen trabajo, muchacho. Te mereces una pastilla para ver películas.

—¿Podemos invitar a Azul? —preguntó Pablo, un tanto ruborizado.

—Te dije que estaba como para chuparse los dedos de las manos y los pies. Confiésame que estás absolutamente loco por ella.

Pablo se puso tan nervioso que dijo:

—Eh. . . estoy absolutamente chupado de los pies.

—Te lo dije, el amor es tremendo. ¡Si te

contara de cuando me enamoré de Rodriguita Sánchez! ¡Qué tiempos, qué tiempos, por Santa Pantufla!

Hablaron a la iglesia (que tenía el número de emergencia 01) y en media hora un taxi se estacionó en el número 1 al 40 de la calle Brócoli.

—Gracias —dijo Azul.

—A sus pies, princesa —contestó el taxista.

—Bienvenida al club triple A —dijo el profesor.

—¿Triple A?

—Sí, AAA: Admiradores del Atlético y de Azul.

Pablo se puso rojo con la indiscreción de Zíper.

Sin embargo, ella tomó el piropo con gran naturalidad.

Pasaron la tarde viendo películas. Pablo había aprendido muchas cosas desde su llegada a Michigan, Michoacán. El viaje había valido la pena. De cualquier forma, se preguntaba si regresaría a tiempo para salvar a *Nube Líquida*.

Mientras la cuerda se secaba, los minutos seguían avanzando.

SÉPTIMO DÍA:
EL LADO OSCURO DEL BRÓCOLI

A la mañana siguiente, Pablo y el profesor Zíper subieron a la azotea, con todo y sus tazas de chocolate. Era muy temprano y el cielo apenas se teñía de un color naranja.

Si la cuerda había pasado buena o mala noche era algo imposible de saber, pues seguía siendo invisible.

Zíper sacó su cronómetro. Estaba tan dormido que lo confundió con un panecillo y lo remojó en la taza de chocolate.

—Estos panes cada vez salen más duros —dijo con el cronómetro en la boca.

Pablo impidió que se lo tragara:

—¡El cronómetro, profesor!

—Válgame Dios, pero qué distracción —dijo Zíper—, aunque eso no quita que los panecillos podrían estar más suaves.

"¿Todos los genios serán tan tercos?", se preguntó Pablo.

Después de chupar el cronómetro con gran cuidado, Zíper hizo unos cálculos:

—El sol ya toca el Trópico de Cáncer. . . Todo en orden, muchacho.

En eso se oyó el canto de un gallo, seguido del ladrido de varios perros y el rebuzno de un burro. Amanecía en Michigan.

—Buenos días, cuerda de sol —el profesor sonrió hacia el árbol donde la cuerda seguía "dormida".

La luz se hizo más intensa y las últimas

estrellas se desvanecieron en el cielo.

Pablo y el profesor dirigieron la mirada a la cuerda colgada del gran brócoli.

Al ser tocada por el sol, la cuerda se encendió, adquirió una brillantez extraordinaria. Aquello parecía una línea de fuego, un rayo de soldadura, un chisguete láser.

—Toma —el profesor le tendió a Pablo unos lentes oscuros.

Aun así, el deslumbramiento era total.

La cuerda vibraba en el aire.

—La energía láser se ha cubierto de sol —explicó Zíper—, ahora tenemos una cuerda solar. ¿Qué te parece?

Pablo estaba tan emocionado que apenas pudo decir "fbls'", abreviatura muy ensalivada de "fabuloso".

—En efecto —contestó Zíper, que no sólo sabía leer los labios sino también los ruidos raros—. Creo que ya podemos tocarla.

—¿No nos va a quemar?

—¿Cuándo te ha quemado el sol? En todo caso te podría broncear.

Y dicho y hecho, la cuerda seguía caliente y la mano de Pablo se cubrió de una línea de bronceado.

Volvieron al laboratorio y pusieron la cuerda sobre un paño rojo, como si fuera una celebridad recién llegada a la casa.

Era una cuerda hermosa, suave al tacto y muy brillante. Pablo pensó en lo bien que se vería en su guitarra eléctrica.

Sin embargo, aún faltaba un paso más.

El profesor Zíper se sirvió otra taza de chocolate y habló con labios color café:

—Hemos llegado al momento clave de nuestra aventura. De aquí en adelante ya no puedo ayudarte.

—¿Qué dice?

—Tenemos la cuerda preparada, pero aún no tiene dueño.

—¡Pero si yo la compré!

—Tú eres su dueño en brocolines, su dueño mercantil, pero no has entrado en su alma. Para que la cuerda te obedezca tienes que grabar en ella tus huellas digitales. Es lo que hizo tu hermano Ricky, por eso nadie ha podido tocar su guitarra.

—¿Y qué debo hacer?

—Tienes que ir al lado oscuro del brócoli.

—No entiendo nada —confesó Pablo.

—Tienes que llevar la cuerda a través del bosque de brócolis. El bosque es tan espeso que no permite la entrada de la luz. Ahí, ningún consejo puede ayudarte, tienes que confiar en tu propia intuición. Si regresas, la cuerda te obedecerá para siempre. ¡Lo juro por mis astrónomos favoritos: Tolomeo el complicado, Kepler el feo, Copérnico el tímido y Galileo el valiente!

Pablo pensó en su hermano en el hospital, en Gonzo llorando por la muerte de *Nube Líquida,* en Ruperto abandonado por sus novias, en Nelson teniendo que vender su colección de armaduras, en "Labios de chocolate" descendiendo al lugar 243 de popularidad.

Por último, pensó en Azul. Ella estaría en la primera fila de sus conciertos.

—¡Me lanzo! —dijo Pablo.

—No esperaba menos de ti. Se nota que tu equipo es el Atlético.

El profesor enrolló la cuerda y le dijo a Pablo:

—Por ningún motivo te separes de ella en el bosque.

Subieron al coche y salieron del pueblo. Zíper se detuvo en un mirador. Desde ahí se veía un valle verde de brócoli.

—Te esperaré al otro lado —dijo—. Rezaré por ti, en estos casos Santa Pantufla puede más que la ciencia.

Pablo se sintió como un trocito de pan en una sopa de brócoli. Los árboles lo tapaban de manera increíble.

—¡Qué maravilla! —dijo Pablo, sorprendido de ese prodigio de la naturaleza.

Sin embargo, después de unas horas, empezó a sentir cansancio. Las piernas se le entumían. Y los árboles seguían creciendo.

Las copas se rozaban en la altura, las ramas se saludaban como amigos que se encuentran después de mucho tiempo. La luz apenas se filtraba entre el follaje.

Pablo se concentró mucho para ver dónde pisaba, pues no quería aplastar una de las alimañas del bosque, entre las que debía haber víboras, tarántulas y sapos venenosos.

Trató de caminar en línea recta pero se adentró en tal oscuridad que no supo por dónde iba. ¿Qué tal si daba vueltas en círculo como en un carrusel enloquecido?

"Calma, calma", se dijo Pablo, tratando de ver algo. La oscuridad se había vuelto tan fuerte que ni siquiera distinguía sus manos. Había llegado al lado más oscuro del brócoli.

Entonces oyó un ruido extraño:

—¡Aiirk!

¿Una lechuza? ¿Un monstruo del bosque? ¿El dios de las plantas?

Sus oídos se habían afinado en la oscuridad. Escuchaba ruidos que antes no hubiera imaginado. El tiempo parecía no avanzar. Durante segundos, largos como minutos y minutos largos como horas oyó murmullos amenazantes.

Algo se arrastraba cerca de él.

—¡Auxilio! —gritó.

Su voz rebotó en las negras ramas de brócoli:

—Auxilio. . . auxilio. . . auxilio. . .

El eco era tan insoportable que se tapó los oídos.

"No puedo más", pensó y sintió algo húmedo y baboso en el tobillo.

—¡Ay, mamacita!

Corrió a la izquierda, luego a la derecha, pensó que se iba a perder, agitó el pie con fuerza. El sapo, la babosa o la víbora que se había prendido a él cayó al suelo. Menos mal. "¡Uf!"

Sin embargo, en cuanto se libró de esta alimaña, empezó a soplar un viento helado, los árboles agitaron sus ramas con un rumor siniestro:

—*Yiiiiiikk, yaaaaakk.*

Trató de tranquilizarse pensado "esto es un sueño, pronto voy a despertar; esto es un programa de televisión, pronto va a venir un comercial". Pero no, ésa era la terrible realidad del bosque de brócoli:

—*Yiiiiiikk, yaaaaaakk.*

Y de repente, otro sonido:

—¡Auuucuac!

¿Qué era eso?

Luego vino algo así como un grazni-aullido:

—¡Auuucuacgrrguaucrok!

¿Cómo podía ser el animal que producía tal sonido?

Pablo imaginó un monstruo de mil ojos, con cresta de gallo, fauces de cocodrilo y pezuñas asquerosas.

No podía ver nada, pero aun así cerró los ojos, temeroso de encontrar aquel espanto.

Entonces se acordó de su navaja suiza. A tientas encontró la hoja más afilada, la que servía para rebanar pizzas.

¿Podría luchar contra una bestia salvaje con un rebanador de pizzas? Seguramente el animal tenía piel de rinoceronte. ¡Y garras terribles!

—¡Auxilio! —volvió a gritar, y esta vez el eco se mezcló con los ruidos de su enemigo:

—¡Au. . . cuac. . . xilio. . . guau. . . au . . . crok. . . xilio!

Estaba en el bosque de los sonidos mezclados. No podía ver y no podía entender lo que oía.

"No aguantaré hasta que sea de día", se dijo. ¿Pero en qué pensaba Pablo? ¡Si había entrado al bosque de día! Ahí jamás de los jamases salía el sol.

¿Qué hacer, entonces? ¿Caminar a tientas como un ciego? Seguramente se perdería y tendría que enfrentarse con las criaturas de la noche.

Pablo Coyote estaba en la región del miedo, donde hasta su propia voz era temible.

Ya no se atrevía a pedir auxilio para no oír los helados ecos que caían de los árboles.

"Confía en ti mismo", le había dicho el profesor Zíper. ¿Pero cómo podía confiar en sí mismo cuando le aterraba oír su propia voz?

"Si por lo menos tuviera mi guitarra", pensó. Entonces imaginó los sonidos eléctricos rebotando en los brócolis negros.

Conocía tan bien la música de *Nube Líquida* que podía cantar cada *solo* de guitarra:

—*Durur'n, triunk, d'n, d-dr'n. . .tan-ta-aaaaaaaan. . .*

De todas partes le llegaron ecos fantásticos.

Fue entonces cuando Pablo pronunció la palabra más corta y maravillosa que conocía:

—Rock.

El bosque se convirtió en una caja de resonancia:

—. . . ock. . . ock. . . ock. . . ock. . . ock. . . ock. . . ock. . .ock. . .

Ya no se sintió tan abandonado, era como estar en la oscuridad de un escenario. A fin de cuentas, al público nunca se le puede ver el rostro.

"Sí, el público es como el bosque de brócolis: gritan, aullan, patalean y uno nunca los ve", pensó Pablo. Empezaba a controlar su miedo.

En eso desvió la vista a su bolsillo y no pudo creer lo que vio. La cuerda brillaba a través de la tela.

Tapó el resplandor con la mano y un resplandor suave se filtró entre sus dedos.

Entonces sacó la cuerda y fue como tener un rayo de sol en las manos.

Pablo vio los inmensos troncos de brócoli, vio setas, hongos, helechos y tréboles, vio pájaros dormidos y una tortuga despierta.

Usó el rayo de luz como una linterna y descubrió plantas fabulosas: espárragos tan altos como las columnas de una iglesia y naranjas tan pequeñas que se necesitarían cien para hacer un buen jugo.

Las bestias que lo habían asustado no asomaban las orejas por ninguna parte (¿tendrían orejas?). El mundo era otro con luz en las manos.

Aprendió a abrir flores arrojándoles luz y logró iluminar los más apartados lugares del bosque: el nido de un halcón y la cima del brócoli donde tejen las arañas.

Mientras avanzaba, Pablo imprimía sus huellas digitales en la cuerda de sol, grababa ahí su valor y su nombre.

De pronto, sucedió algo curioso: el rayo empezó a perder fuerza.

"A este rayo le faltan baterías", bromeó Pablo.

Nada de eso, estaba saliendo del bosque y ya no era necesario alumbrarse con la cuerda de sol.

Finalmente encontró un sendero escarpado que lo llevó a una colina.

Desde ahí pudo ver una carretera donde lo aguardaba el coche del profesor Zíper.

Justo en eso oyó una voz, tan cerca como si le hablara al oído:

—Bienvenido.

El profesor hablaba con su magnavoz inalámbrico.

Pablo corrió a su alcance.

Dignísimus Zíper y Pablo Coyote se fundieron en un fuerte abrazo.

—¡Lo logramos! —gritó el profesor—. Bueno, lo lograste.

—Lo logramos —dijo Pablo.

Pablo tenía las manos muy morenas de tanto sostener el rayo de sol. Aparte de esto seguía siendo el mismo de siempre. O quizá no, quizá fuera un poco más sabio: había descubierto que los peligros del bosque eran imaginarios, había podido luchar contra su propia voz y contra su propia imaginación.

—Ahora sí, la cuerda de sol te obedecerá como a nadie —dijo el profesor.

Pablo le dio las gracias y trató de convencerlo de que lo acompañara a la ciudad.

—Lo invito a mi primer concierto —dijo.

—No puedo —respondió el profesor—. ¡Con tanto brócoli que regar!

—Tómese unos días.

—La ciencia no descansa. Ya se me está ocurriendo algo nuevo.

Fue imposible convencer al profesor de abandonar su querido Michigan, Michoacán.

Pablo lloró al despedirse y subió al autobús viejo y oloroso a brócoli.

Sin embargo, una agradable sorpresa lo esperaba a bordo: Azul también viajaba de regreso.

Durante 14 horas cantaron "Labios de chocolate". El autobús surcó los campos y espantó a las vacas con bocinazos al ritmo de *Nube Líquida*.

La cuerda de sol regresaba a la guitarra más valiosa de todos los tiempos. El rock se había salvado.

¿Se había salvado?

¡Un momento! Nos hemos olvidado del terrible enemigo de las melenas y las mortadelas.

Cremallerus había dejado de vomitar y se preparaba para volver al ataque.

OCTAVO DÍA:
LA FURIA DE CREMALLERUS

Mientras Pablo estaba en Michigan, ocupado en conseguir la cuerda de sol, Nelson, Ruperto y Gonzo seguían en crisis.

El mánager fumaba puro tras puro y contaba los minutos para anunciar la desintegración del cuarteto.

Corría el octavo día para conseguir la cuerda cuando Pablo Coyote se presentó a las oficinas de *Nube Líquida*. Fue directamente al despacho del mánager, abrió la puerta de golpe y gritó:

—¡La tengo!

Como iba acompañado de Azul, todos pensaron que se refería a su novia.

—Felicidades, qué chica tan guapa —dijo el mánager—. Ocho días para conseguir novia, no está mal.

—También conseguí la cuerda.

—¡Queeeeeeeeeé!

El mánager se puso de pie y de inmediato telefoneó a los otros miembros del conjunto.

Una hora después, tres limusinas traían a esos superestrellas con aspecto de fracasados: Nelson tenía ojeras azules, Gonzo una barriga colosal y Ruperto lentes oscuros y miedo a verse en los espejos.

Sin embargo, cuando Pablo cambió la cuerda en la guitarra y tocó la primera nota, el semblante de los músicos cambió por completo.

La cuerda saltó a placer entre los dedos de Pablo: tembló con un sonido duro y ágil, contundente y delicado.

—¡Un milagro! —gritó el mánager.

Gonzo lloraba de emoción.

Nube Líquida volvería a surcar los cielos del rock y su música caería como un fantástico diluvio.

El mánager llamó a los 276 mejores periodistas y en conferencia de prensa anunció:

—¡Estamos de vuelta!

Hubo muchas preguntas sobre el éxito de Pablo en la guitarra, pero él no quiso revelar su secreto.

De inmediato se empezó a trabajar en un nuevo disco y se planeó una gira mundial.

Toda la gente hablaba de *Nube Líquida*, hasta el presidente de la república se quiso hacer el muy rocanrolero invitando a los cuatro músicos a desayunar en su palacio.

Como todos los políticos, el presidente pasaba por una seria crisis de popularidad. La gente ya no lo quería. "Tengo que hacer una campaña para que me adoren", pensó, y contrató como consejero al señor Zebra.

Con la rapidez que lo caracterizaba, Zebra empezó a inventar premios y honores. Una señora fue distinguida como la Mejor Ama de Casa Que Prepara La Sopa, otra como la Mejor Ama De Casa Que Barre La Sala, un señor como el Mejor Lector Del Periódico A Las Ocho De La Mañana, otro como el Mejor Carpintero De Mesas Chicas, y cosas por el estilo.

Al cabo de unos días, casi todos los habitantes del país habían sido premiados por el presidente.

"Tendrán que adorarme", suspiraba el jefe de Estado.

El ambicioso señor Zebra no podía pasar por alto el regreso de *Nube Líquida*, de modo que convenció al presidente de que les otorgara el premio al Mejor Grupo de Rock Que Regresa Después De Que Su Guitarrista Sufre Un Accidente De Motocicleta. A decir verdad, se trataba del premio más largo otorgado por el presidente.

Pero *Nube Líquida* se negó a recibirlo.

—¡Odiamos a los políticos! —informaron a coro Nelson, Ruperto, Gonzo y Pablo.

Esto hizo que la popularidad del grupo aumentara.

En un solo día, Pablo tocó de maravilla la guitarra de su hermano, habló con 276 periodistas, rechazó una invitación del presidente y ayudó a planear la gira y la grabación del nuevo disco. Obviamente estaba muerto de cansancio.

Eran las doce de la noche cuando entró en compañía de Azul a una cafetería abierta las 24 horas y pidió dos hamburguesas *Alaska* y dos malteadas de kiwi.

Estaban muy ocupados hablando de las cien mejores canciones de rock de la historia cuando vieron a un sujeto extraño en la puerta. Tenía una cara tan horrenda que todos dejaron de sorber malteadas.

Aquel tipo llevaba bata blanca, aquel tipo echaba lumbre por los ojos, aquel tipo tenía un cuchillo de carnicero en la mano izquierda y una soga en la mano derecha, aquel tipo olía a galleta ensalivada, aquel tipo era calvo como una rodilla, aquel tipo era el miserable profesor Cremallerus.

Pablo no tuvo tiempo de sacar su navaja suiza: Cremallerus puso la hoja del cuchillo en la delicada garganta de Azul.

—Hago lo que usted me pida —dijo Pablo.

—Ven conmigo, pequeño ratón podrido asqueroso como mortadela de queso silvestre con pepino del año pasado.

Por lo visto, Cremallerus seguía sin dominar el arte de los insultos. Sin embargo, entre todas las filas de la humanidad, no había nadie capaz de imitar esa mirada de odio.

Cremallerus amarró a Pablo de pies y manos y lo cargó como quien lleva un ciervo recién cazado.

Nadie se atrevió a mover un dedo. Diez minutos después del secuestro, una muchacha de pelo verde seguía con la boca muy abierta ante su hamburguesa de tres pisos. Tal fue el impacto que causó el satánico científico.

Pero Azul sí supo reaccionar. Vio que Pablo era conducido a un camión y anotó las placas en una servilleta de papel.

¿Qué sería de Pablo? Aquel hombre parecía capaz de cualquier cosa.

Azul no era de quienes pierden el tiempo.

Salió corriendo de la cafetería, fue a la oficina de telégrafos y mandó un fax a Mich, Mich:

PABLO SECUESTRADO EN CAMIÓN PLACAS "GULP 000". SÓLO UNA PERSONA PUEDE SALVARLO.

Esa persona, por supuesto, se llamaba Dignísimus Zíper.

NOVENO DÍA:
ZÍPER CONTRA CREMALLERUS

El autobús tardaba 14 horas en ir de Michigan a la capital. Zíper no tenía tiempo que perder, así es que subió a su coche y llenó el tanque con gasolina de brócoli mejorada.

Manejó como campeón de Fórmula Uno y sólo se detuvo en Escotilla para cambiar las llantas quemadas por la velocidad y comprar un queso de cabra.

En tres horas récord, Zíper llegó a la ciudad. Mientras tanto, su computadora portátil había encontrado la dirección que correspondía a las placas GULP 000.

—No tengo tiempo para semáforos —dijo Zíper al ver la luz en rojo.

Sacó su activador de luces y puso todos los semáforos en verde.

Llegó a tal velocidad que estuvo a punto de volcarse al enfrenar.

—*iiiirrrrpppp!!!!!* —las llantas quedaron marcadas en la calle.

De inmediato supo cuál era la casa de Cremallerus: sólo una persona siniestra podía tener el mal gusto de ponerle marcos de oro a las ventanas.

El techo imitaba una pagoda china: en cada esquina un dragón abría la boca.

Zíper sólo aceptaba un tipo de violencia: la deportiva. Sacó la bola de boliche que llevaba para ciertas emergencias y la lanzó a la casa.

La puerta se derrumbó.

Zíper entró a la casa desarmado, como sólo podía hacerlo un loco o un genio.

Apenas pudo tolerar la decoración: los muebles eran color morado. Un infierno del mal gusto.

En la mesa había un tazón lleno de galletas de animalitos.

Avanzó con cuidado. Sin embargo, el hábil Cremallerus había puesto galletas en el piso para detectar a los intrusos:

—*Crack* —Zíper pisó una tortuga de galleta. Entonces oyó una voz a sus espaldas:

—Te estaba esperando, apio embarrado. Cremallerus llevaba puesta una bata china.

—Un paso más y le rebano la lengua a tu amigo —amenazó Cremallerus.

—¿Qué quieres a cambio de su libertad?

—Destruirte a ti, rábano de peluche.

—Está bien, me entrego.

—¡No! —gritó Pablo desde el cuarto donde estaba amarrado.

—¿Puedo confiar en ti? —Zíper le preguntó a su enemigo—. ¿Me das tu palabra de que lo liberarás si yo me entrego?

—Te doy mi palabra de animalito.

—¡No le crea! —gritó Pablo—. Si acaba con usted nadie podrá impedir que haga el mal.

—Seré bueno —dijo Cremallerus, con voz dulce—. Bueno como una cresta de gallo, como una bola de miel, como un berrinche salado. . .

¡Qué trabajo le costaba a Cremallerus definir el bien!

—. . . bueno como la leche de rosa, las torres de jamón, el sorbete de motor. . .

—¡Basta! —gritó Zíper.

—Palabra de animalito —dijo Cremallerus con voz de niño.

—Mentiroso, nunca dejarías de hacer maldades.

—¡Es tan delicioso! —confesó Cremallerus.

—Jamás frenarás tu instinto.

—¡Soy tan débil! —sonrió Cremallerus.

—No me entregaré —dijo Zíper—. Te propongo otra cosa: un duelo científico, invento contra invento.

—¿Un duelo cien. . . ?

—¿Acaso no eres uno de los máximos genios del planeta?

—Se hace lo que se puede —dijo orgulloso Cremallerus.

—Entonces debes estar dispuesto a competir. Yo me someto a tu mejor invento y tú a mi mejor invento. A ver qué pasa.

—¿Mi mejor invento? ¡Tengo tantos de primer nivel! Déjame pensar —pidió Cremallerus.

Zíper suspiró aliviado. La cosa iba por buen camino.

Dio un paso, aplastó una ballena de galleta:

—*Crack.*

—Alto ahí —dijo Cremallerus— o Pablo se queda sin orejas.

El profesor Zíper se detuvo. Cremallerus se preguntó en voz alta:

—¿Cuál será mi mejor invento: el veneno verde, la macana biónica, el asesinador magnético, el anzuelo láser, el mutilador de cobre, el cuchillo amargo? Confieso que estoy en un aprieto: he creado demasiadas maravillas.

—Entonces prueba primero mi invento.

—¿Crees que estoy loco? ¿Dejarte la iniciativa? ¡Jamás!

—Entonces empieza tú: mutílame, destrózame, hazme picadillo, embárrame de miel.

—¡Sí! ¡Ja-ja-ja! —se rio Cremallerus.

En eso, el profesor Zíper se llevó la mano al bolsillo, sacó una pequeña píldora y la lanzó a la boca de su adversario.

—Gulp —Cremallerus se tragó la píldora—. Hmm, esto me supo a palomita de maíz. ¿Qué te propones, camello de hule?

—¿Ya escogiste tu invento?

—¿Qué será mejor: ahorcarte y cortarte en pedacitos o quemarte en fuego de vinagre?

—¿Es a todo lo que llega tu ciencia? Esas torturas se conocen desde hace milenios.

—Pues entonces usaré la metralleta de gas de mostaza.

—¡Qué anticuado!

—¿Qué me dices de la granada de cuarzo?

Y mientras hablaban, la pastilla iba surtiendo efecto en el organismo de Cremallerus.

—¿Pero qué es esto? ¿Qué veo? ¡Qué monstruo tan maravilloso! ¿Y esos vampiros tan deliciosos, ese cementerio tan acogedor? ¿Dónde estoy? ¿Qué sucede?

Sin saberlo, el profesor Cremallerus había

tomado la pastilla para ver películas.

Nunca en su vida había sido tan feliz. Por primera vez las películas de terror más espantosas desfilaban ante sus ojos. ¡Al fin veía algo de veras macabro!

—¡Qué maravilla: momias contra fantasmas! ¡Y cuánto murciélago!

Zíper no tuvo dificultad en desatar a Pablo y salir de la casa mientras su enemigo seguía absorto en las películas de terror.

Las pastillas de Zíper lograban que cada quien viera lo que más quería. Ahora Cremallerus ya no tendría que hacer el mal para ser feliz; le bastaría contemplar esas películas.

Al día siguiente, llamó a las oficinas de *Nube Líquida* y pidió que lo comunicaran con Zíper. Con voz muy, pero muy modesta, dijo:

—Dignísimus, murcielaguito, animalito mío, ¿podrías regalarme otra de esas pastillas para ver películas bellas?

—Claro —contestó Zíper, pues sabía que era la mejor forma de tenerlo en paz.

—Sólo te pido un favor, vampirito del alma —añadió Cremallerus.

—¿Qué se te ofrece?

—¿Podrías hacer que la pastilla, en vez de saber a palomita, supiera a galleta de animalito?

A Zíper le dio mucha risa esta solicitud y no tuvo dificultad en preparar un extracto de galleta.

De ahora en adelante, cada vez que se le ocurriera una maldad, Cremallerus podría tomar una pastilla para ver la película más espantosa jamás filmada.

DÉCIMO DÍA:
GRAN CONCIERTO DE ROCK

Esa noche la Tierra giró más aprisa, impulsada por una energía musical: *Nube Líquida* ofrecía un concierto.

Pablo Coyote saltó al escenario y vio el estadio de futbol lleno a reventar. Era su gran día. Atacó la guitarra con furia y la cuerda de sol vibró ante las miradas atónitas de cien mil *nubosos liquidómanos*.

Gonzo Luque golpeó sus tambores con potencia africana. Las baquetas perforaron los cueros tres veces y tres veces le cambiaron la batería.

El espigado Ruperto Mac Gómez acarició el bajo con tal delicadeza que sus admiradoras se desmayaron unas sobre otras como fichas de dominó.

Nelson Farías tocó cuatro teclados al mismo tiempo, con las manos y los pies, y aun se dio el lujo de soplar una armónica.

La voz de Pablo era idéntica a la de su hermano, de modo que nadie extrañó al autor de "Labios de chocolate".

Bueno, sería exagerado decir que nadie lo extrañaba. Azul estaba enamorada de Pablo, pero no podía olvidar al hermano en estado de coma. En vez de ir a gritar en la primera fila como tantas *nubosas liquidómanas*, le pidió al profesor Zíper que ayudara a Ricky Coyote.

—Tengo que regresar a Michigan —dijo el profesor—. Los brócolis esperan su desayuno.

—Por favor —dijo Azul, y puso una cara que trastornó al científico.

—Como para chuparse los dedos —comentó en voz baja.

—¿Qué dijo? —preguntó Azul.

—Que vayamos al hospital.

Así, mientras *Nube Líquida* demostraba que el rock aún podía ser estupendamente estruendoso, Azul y Dignísimus Zíper entraban a la sala de terapia intensiva donde Ricky Coyote seguía durmiendo.

El médico de guardia reconoció al famoso científico:

—¡Qué honor, por Hipócrates! —exclamó.

—¿Quién es Hipócrates? —preguntó Azul.

—Un médico de hace siglos que no cobraba las consultas —dijo Zíper.

El doctor se ofendió con el comentario, pues el hospital era carísimo: Ricky Coyote tenía que pagar renta por las cobijas que lo cubrían y el jabón que usaban sus visitantes.

—Si ya no me necesitan . . . —el médico se disponía a salir, pero Zíper lo detuvo.

—Por favor, traiga un radio.

—¡Esto es un hospital! ¡Está prohibido hacer ruido!

—Le aseguro que sólo nos queda un recurso para salvar a Ricky Coyote. Traiga el radio y cállese los ojos.

—¿Callarme los ojos? —el médico se rascó la cabeza.

Salió al pasillo y al cabo de unos minutos regresó con un radio de transistores; seguía muy intrigado por la expresión de Zíper:

—Profesor, ¿podría explicarme eso de "callarme los ojos"?

—Es lo contrario a estornudar por las orejas.

El médico se siguió rascando la cabeza.

Mientras tanto, Zíper encendió el radio; el doctor tenía sintonizada una estación de música cursi:

—*Tus labios de rubí. . . de rojo carmesí.*

—¡Qué espantosa canción! —dijeron a coro Azul y Zíper.

El doctor los vio con extrañeza, pues a él no le molestaba aquella melodía azucarada.

—¡Ricky está reaccionando! —gritó Zíper.

En efecto, tenía una mueca de asco.

—No hay nada que odie tanto como la melcocha musical.

El médico estaba francamente ofendido: primero le insinuaban que el hospital era muy caro, luego le pedían que se callara los ojos y ahora le criticaban sus canciones favoritas. Sin embargo, no dijo nada porque, en efecto, Ricky Coyote volvía a moverse: cada vez tenía una expresión más molesta.

—Hay que cambiar de estación —dijo Zíper—. ¿Dónde transmiten el concierto de *Nube Líquida*?

—En Radio Morsa —informó Azul.

Un grito poderoso llegó desde el estadio donde tocaba *Nube Líquida*:

—¡¡¡¡¡¡¡¡*Labios de chocolate*!!!!!!!!

Y se operó el cambio: en su lecho de enfermo, Ricky Coyote sonrió: escuchaba una melodía rocanroleramente perfecta.

—¿Dónde estoy? —preguntó.

—Con todo respeto para su ciencia, colega —Zíper le dijo al médico—: pero a este enfermo le hacía falta una cucharada de su propio chocolate.

Ricky Coyote se había curado con su propia música.

Pablo siguió tocando mientras Azul, Zíper y Ricky se abrazaban en el hospital.

Cremallerus, definitivamente pacificado, seguía comiendo pastillas para ver películas de horror.

El mánager decidió que el conjunto tuviera dos guitarristas. La gira sería un éxito, pues todo mundo quería escuchar los diálogos eléctricos de los hermanos Coyote.

Pablo trató de convencer al profesor de que los acompañara en su viaje:

—¡Lo trataremos a cuerpo de rey! —ofreció.

—Ya sabes que para mí no hay como un buen chocolate con aceite de castor. Tengo que volver a Michigan.

—Conocerá las más hermosas ciudades del mundo —insistió Pablo.

—Todavía tengo mucho que conocer en mi tierra. Además, mis brócolis no se pueden quedar solos.

Pablo dejó de insistir.

Hubo una fiesta de despedida en la que el profesor preparó su "ponche de avestruz" (para beber, había que hundir la cabeza en una olla gigante). Gonzo bebió una olla entera y luego bailó la danza del cerdo silvestre.

Al día siguiente *Nube Líquida* despegó rumbo a su gira y el profesor Zíper volvió a Michigan, Mich., donde lo esperaban sus nuevos inventos y sus brócolis de siempre.

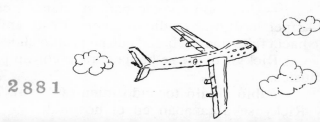